Schmitt | Oscar et la dame rose

Lektüreschlüssel für Schülerinnen und Schüler

Éric-Emmanuel Schmitt
Oscar et la dame rose

Von Michaela Banzhaf

Reclam

Dieser Lektüreschlüssel bezieht sich auf folgende Textausgabe:
Éric-Emmanuel Schmitt: Oscar et la dame rose. Hrsg. von Wolfgang Ader und Gerhard Krüger. Stuttgart: Reclam, 2004. (Universal-Bibliothek 9128.)

RECLAMS UNIVERSAL-BIBLIOTHEK Nr. 15443

Gestaltung: Cornelia Feyll, Friedrich Forssman
Gesamtherstellung: Reclam, Ditzingen. Printed in Germany 2016
RECLAM, UNIVERSAL-BIBLIOTHEK und
RECLAMS UNIVERSAL-BIBLIOTHEK sind eingetragene Marken der Philipp Reclam jun. GmbH & Co. KG, Stuttgart
ISBN 978-3-15-015443-4

Auch als E-Book erhältlich

www.reclam.de

Inhalt

1. Erstinformation zum Werk

Oscar et la dame rose erscheint 2002 beim Pariser Verlag Albin Michel. Bereits zwei Jahre später, also 2004, werden dem Autor, Éric-Emmanuel Schmitt, zwei Preise dafür verliehen: zum einen der Prix Jean Bernard von der Académie de Médecine, zum anderen der französische Prix Chronos. *Oscar et la dame rose* bringt Schmitt 2006 einen weiteren Preis ein, den belgischen Grand Prix Étranger, der von den Scriptores Christiani verliehen wird; allerdings ist *Oscar et la dame rose* nicht der alleinige Grund, der Schmitt diese Ehrung zuteilwerden lässt. Die Scriptores Christiani zeichnen den Schriftsteller gleichermaßen für *Milarepa* (1997), *L'Enfant de Noë* (2004), *Monsieur Ibrahim et les fleurs du Coran* (2001) und *Le Visiteur* (1993) aus. Bis auf *Le Visiteur* gehören alle genannten Texte dem *Cycle de l'Invisible* an, den Schmitt sukzessive erweitert: 2009 kommt *Le sumo qui ne pouvait pas grossir* hinzu, 2012 folgt *Les dix enfants que Madame Ming n'a jamais eus*. Der *Cycle de l'Invisible* ist ein Zyklus, der sich mit den großen Weltreligionen beschäftigt und interreligiöse Begegnung erlebbar machen will. Dabei ist jedes der genannten Werke in sich abgeschlossen und kann unabhängig von den ande-

> preisgekrönter Roman

> *Le Cycle de l'Invisible*: Beschäftigung mit den Weltreligionen

jdm. einen Preis verleihen: décerner un prix à qn
jdm. etwas einbringen: rapporter qc à qn
erweitern: enrichir
in sich abgeschlossen sein: être complet, -ète

ren gelesen und verstanden werden. *Oscar et la dame rose* beschäftigt sich mit dem Christentum, *Monsieur Ibrahim et les fleurs du Coran* mit dem Islam, *Milarepa* mit dem tibetischen Buddhismus, *Le sumo qui ne pouvait pas grossir* mit dem Zen-Buddhismus, *L'Enfant de Noë* mit dem Judentum und *Les dix enfants que Madame Ming n'a jamais eus* mit dem Konfuzianismus. Éric-Emmanuel Schmitt plant, den *Cycle de l'Invisible* durch Romane weiter auszudehnen, die die griechische und römische Mythologie sowie afrikanische Naturreligionen[1] zum Thema haben.

Ausweitung des *Cycle* geplant

Die Geschichte des zehnjährigen Oscar, der unheilbar an Leukämie erkrankt ist und dem nur noch kurze Zeit bleibt, um sich mit der Situation zu arrangieren, was ihm dank der warmherzigen und einfühlsamen Mamie-Rose gelingt, ist Lesern auf der ganzen Welt gleichermaßen zu Herzen gegangen: Die Übersetzung des Romans in über 30 Sprachen mag als sicherer Beleg dafür gelten. Mehr noch: Nach dem Ergebnis einer Umfrage, die das französische Literaturmagazin *LIRE* im Herbst 2004 bei seinen Lesern durchgeführt hat, gehört *Oscar et la dame rose* zu

Oscar et la dame rose, die Bibel und *Le Petit Prince*

Christentum: la foi chrétienne
tibetisch: tibétain, e
Konfuzianismus: le confucianisme
Naturreligion: l'animisme (m.)
unheilbar: incurable
an Leukämie erkrankt sein: être atteint, e de leucémie
einfühlsam: compréhensif, -ive
jdm. zu Herzen gehen: fendre le cœur à qn

denjenigen Büchern, die über das Potential verfügen »de changer la vie«: »*Oscar et la dame rose* – fait exceptionnel pour un auteur vivant – se trouve cité avec la Bible, Les trois Mousquetaires ou le Petit Prince«[2].

2. Inhalt

Oscar et la dame rose umfasst insgesamt 13 bzw. 14 Briefe, die die gleichnamigen Protagonisten – Oscar, ein zehnjähriger Junge, der im Endstadium an Krebs leidet, und Mamie-Rose, eine »dame rose« – an Gott schreiben.

die Protagonisten

Brief 1 (5–18)

Oscar stellt sich Gott vor und erklärt ihm den Grund, warum er, der normalerweise keine Briefe schreibt (5,7 f.), nun doch zum Briefeschreiber wird: Wegen einer Leukämieerkrankung ist er in stationärer Behandlung im Krankenhaus. Anfänglich hat es ihm dort sehr gut gefallen, aber seit er weiß – und vor allem äußert –, dass er bald sterben wird, wenden sich Ärzte, Mitpatienten und besonders seine Eltern von ihm ab. Dabei wünscht er sich nichts sehnlicher, als dass er sich darüber auch und vor allem mit ihnen unterhalten kann. In dieser Situation, die er selbst als sehr dringlich empfindet (6,9 f.), rät ihm Mamie-Rose, eine ältere Dame, die im Krankenhaus ehrenamtlich Krankenbesuche macht, sich mit seinen Ängs-

Abwendung vom todkranken Oscar

umfassen: comprendre
gleichnamig: du même nom
in stationärer Behandlung sein: être hospitalisé, e
etwas äußern: émettre qc
sich von jdm. abwenden: se détourner de qn
etwas empfinden als: ressentir qc comme
ehrenamtlich: à titre honorifique; (freiwillig) bénévolement

ten und Sorgen an Gott zu wenden. Der Junge, der nicht an Gott glaubt, weil er atheistisch erzogen wurde (16,7), ist zunächst skeptisch, setzt dann aber Mamie-Roses Vorschlag um und stellt Gott gleich im ersten Brief die alles entscheidende Frage nach seiner Genesung (18,2–4).

Brief an Gott

Brief 2 (19–34)

Noch bevor Oscar seinen ersten Brief an Gott abschicken kann, erhält er eine zwar prompte, zugleich jedoch auch äußerst niederschmetternde Antwort durch ein zufällig mitgehörtes Gespräch, das Oscars Eltern mit dem behandelnden Arzt ihres Sohnes, Dr. Düsseldorf, führen: Oscars Chemotherapie und Knochenmarktransplantation sind erfolglos verlaufen, er wird in absehbarer Zeit sterben (22). Oscars Eltern sind so schockiert, dass sie, ohne ihren Sohn sehen zu wollen, Hals über Kopf abreisen (22). Oscar ist über die Reaktion seiner Eltern so entsetzt (22), dass er in einen Besenschrank flüchtet und sich dort versteckt hält (23). Als er nach aufgeregter Suche endlich gefunden wird, kann er trotzig erwirken, dass Mamie-Rose in den nächsten 12 Ta-

naher Tod

sich an jdn. wenden: s'adresser à qn
umsetzen: mettre en application
Genesung: la guérison
niederschmetternd: bouleversant, e
in absehbarer Zeit: prochainement
entsetzt: horrifié, e
trotzig: avec entêtement

Beginn der neuen Zeitrechnung

gen ein tägliches Besuchsrecht bei ihm zugestanden wird (31). Mamie-Rose schlägt Oscar vor, jeden Tag seines Lebens ab jetzt wie zehn Jahre zu zählen (32). Oscar ist einverstanden (32).

Brief 3 (35–49)

An diesem Tag erlebt Oscar gemäß der neuen Zeitrechnung seine Jugend und frühe Adoleszenz. Die Zeit zwischen seinem 10. und 20. Lebensjahr beschert ihm einige amouröse Turbulenzen: Er verliebt sich in Peggy Blue (36), eine ruhige, zurückhaltendende Mitpatientin, die wegen einer Herzerkrankung bläulich gefärbte Haut (37) hat und deswegen Peggy Blue genannt wird; er rivalisiert mit Pop Corn, einem stark übergewichtigen Jungen, um Peggy Blue (40), küsst dann aber eher gezwungenermaßen la Chinoise, ein Mädchen, das wie Oscar an Leukämie leidet und wegen seiner ausgefallenen Haare eine schwarze Perücke trägt, die ihm den Spitznamen »la Chinoise« (41) einbringt. La Chinoise drängt Oscar einen Zungenkuss auf und schiebt ihm bei dieser Gelegenheit ihren Kaugummi in den Mund, was er extrem eklig und abstoßend findet (42). Der Besuch von Oscars Eltern, den Oscar wie alle ihre Besuche als äußerst

amouröse Turbulenzen während der Adoleszenz

jdm. etwas zugestehen: concéder qc à qn
Zeitrechnung: l'ère (f.)
übergewichtig sein: être obèse
abstoßend: répugnant, e

quälend empfindet (43), setzt diesem hektischen Treiben ein vorläufiges Ende; Oscar ist gezwungen, den Nachmittag mit seinen Eltern zu verbringen, die wegen seiner Krankheit jedoch nicht in der Lage sind, mit ihm normal zu kommunizieren. Sie finden kein Gesprächsthema mehr mit ihrem Sohn und weichen auf eine Art Pseudokommunikation aus, die darin besteht, sehr viel Zeit auf die Lektüre der Anleitungen der Spiele, die sie Oscar als Geschenk ins Krankenhaus mitbringen, zu verwenden. Doch nach der Abreise der Eltern am späten Nachmittag ermutigt Mamie-Rose Oscar, um Peggy Blue zu kämpfen und ihr seine aufrichtige Liebe zu gestehen (46 f.). Nach anfänglichem Zögern überwindet Oscar seine Scheu (47) und gesteht Peggy seine Gefühle für sie (48). Zu seiner sehr großen Überraschung empfindet Peggy dasselbe für ihn (48), Oscar verspricht ihr, sie vor bösen Geistern, die sich nachts im Krankenhaus herumtreiben, zu beschützen (48). Oscar bittet Gott, seinen Wunsch, Peggy heiraten zu dürfen, zu erfüllen (49)

Pseudokommunikation mit den Eltern

erwiderte Gefühle von Peggy

quälend: pénible
auf etwas ausweichen: se rabattre sur qc
darin bestehen, etwas zu tun: consister à faire qc
jdm. seine Liebe gestehen: déclarer son amour à qn
etwas überwinden: vaincre qc
Scheu: la timidité
einen Wunsch erfüllen: exaucer un vœu

Brief 4 (50–62)

Oscar erlebt und beschreibt die Zeit im Alter zwischen 20 und 30 Jahren. Er ist außer sich vor Glück (54), weil Gott seinen Wunsch erfüllt hat: Er hat Peggy Blue geheiratet, beide verbringen ihre Hochzeitsnacht miteinander, was im Krankenhaus zu großer Aufregung führt (53); nur durch Mamie-Roses Eingreifen kann Schlimmeres verhindert werden (53). Mamie-Rose nimmt Oscar mit in die Krankenhauskapelle und zeigt ihm die Jesusfigur am Kreuz (55), was den Jungen schockiert (56). Zwar erkennt er sich im leidenden Jesus sofort wieder (56), kann aber nicht verstehen, warum er dem Gekreuzigten, der sein Mitleid erregt, vertrauen soll (56). Mamie-Rose macht ihm den Unterschied zwischen dem leidenden, aber den Menschen nahestehenden Gott und einem dem Menschen fernen Gott klar (56). Am Ende des Gesprächs hat Mamie-Rose Oscar davon überzeugt, Gott zu vertrauen und den Tod nicht zu fürchten (60). Am Ende des Briefes bittet Oscar Gott, Peggy Blues Operation gut verlaufen zu lassen (62).

Verstörende Erfahrung in der Krankenhauskapelle

außer sich sein vor …: être fou/folle de …
Eingreifen: l'intervention (f.)
Schlimmeres verhindern: éviter le pire
gut verlaufen: se passer bien

Brief 5 (63–67)

Oscar verbringt die Zeit zwischen seinem 30. und 40. Lebensjahr. Er diskutiert mit Mamie-Rose über das Problem der Theodizee, also die Frage, warum Gott Krankheit und Leiden zulassen kann (63). Als Mamie-Rose Oscar zu verstehen gibt, dass auch Menschen, die nicht krank sind, Probleme haben können, adoptiert er sie auf der Stelle (64). Die Operation Peggy Blues ist gut verlaufen (65); Oskar wacht zusammen mit seinen Schwiegereltern am Bett seiner Frau und genießt das Familienleben (66).

die Frage der Theodizee

Brief 6 (68–70)

Zwischen dem 40. und 50. Lebensjahr macht Oscar seine Midlife-Crisis durch (69): La Chinoise erzählt Peggy Blue vom Kuss, den Oscar ihr in seiner Jugend gegeben hat. Peggy Blue will daraufhin die Beziehung mit Oscar beenden und freundet sich im Gegenzug mit la Chinoise an. Zu allem Übel wird Oscar von Brigitte, einer Patientin mit Down-Syndrom, geküsst (69), was ihm zu Unrecht den Ruf, ein Schürzenjäger zu sein (69), einbringt. Oscar ist mit der Situation völlig überfordert und fragt Mamie-Rose, was er tun solle (69). Sie rät ihm, mit Peggy Blue zu sprechen (70).

Beziehungsprobleme während der Midlife-Crisis

etwas zulassen: tolérer qc
etwas genießen: profiter pleinement de qc
etwas beenden: mettre fin à qc
mit etwas überfordert sein: être dépassé, e par qc

Brief 7 (71–79)

In die Zeit zwischen Oscars 50. und 60. Lebensjahr fällt das Weihnachtsfest. Der Gedanke, diesen Tag mit seinen Eltern verbringen zu müssen, ist Oscar unerträglich (72). Deshalb organisiert er mit Hilfe seiner Mitpatienten seine Flucht aus dem Krankenhaus zu Mamie-Rose nach Hause (72). Er lässt sich heimlich in ihr Auto tragen und fährt gewissermaßen als blinder Passagier mit ihr mit (73). Da seine Kräfte immer mehr schwinden, schläft er auf der Fahrt ein (74) und kann sich danach nur sehr mühsam zu ihrem Haus schleppen (75). Mamie-Rose ist sehr überrascht, als sie ihn vor der Tür sieht. Nachdem sie den Jungen beruhigt und Meldung ans Krankenhaus gemacht hat, spricht sie mit ihm über seine Eltern, die ja die Ursache für seine Flucht sind. Es gelingt ihr, ihm die Gründe für deren – aus Oscars Sicht völlig unverständliches – Verhalten zu erklären. Als Oscar verstanden hat, dass seine Eltern aus Angst vor seiner tödlichen Krankheit und nicht aus Angst vor ihm so reagieren und dass sie befürchten, sich nicht mit ihm zu Lebzeiten versöhnen zu können, willigt Oscar ein, sie zu Mamie-Rose kommen zu lassen. Nachdem Oscar sie offen auf den Tod als unumgängliches Faktum angesprochen hat, wan-

vorweihnachtliche Flucht aus dem Krankenhaus

blinder Passagier: le passager clandestin
schwinden: s'amenuiser
sich schleppen: se traîner
die Ursache für etwas sein: être la cause de qc
sich mit jdm. versöhnen: se réconcilier avec qn
unumgänglich: inévitable

delt sich die Situation schlagartig (78) und alles ist zwischen ihm und ihnen wie früher (78), Oscar kann mit ihnen und Mamie-Rose ein sehr harmonisches Weihnachtsfest verbringen (78).

Versöhnung mit den Eltern

Brief 8 (80–81)

Am Tag nach Weihnachten kehrt Oscar, mittlerweile über 60 Jahre alt, ins Krankenhaus zurück. Wegen des Festes am Vortag ist er sehr erschöpft. Von Mamie-Rose hat er eine kleine Marienstatue mitgebracht, in der er eine sehr starke Ähnlichkeit zu Peggy Blue erkennt. Er stellt diese Statue auf seinen Nachttisch. Mit Peggy Blue, die ihn in seinem Krankenzimmer besuchen kommt, verbringt er einen sehr schönen Nachmittag.

Marienstatue auf dem Nachttisch

Brief 9 (82–86)

Oscar verbringt die Zeit zwischen seinem 70. und 80. Lebensjahr. Er beschäftigt sich mit dem Weihnachtsgeschenk, das ihm Mamie-Rose gemacht hat: eine Wüstenpflanze aus der Sahara, die nur einen einzigen Tag lebt. Oscar ist fasziniert davon (82). Zusammen mit Peggy Blue und Mamie-Rose reflektiert er, durch die Lektüre von Artikeln in einem medizinischen Lexikon

Reflexion über existenzielle Fragen

schlagartig: d'un coup, brusquement
erschöpft: épuisé, e

angeregt, über existenzielle Fragen wie das Leben, den Tod, den Glauben und Gott (83), auf die er aber in dem Nachschlagewerk keine Antwort findet. Als Dr. Düsseldorf zur Visite kommt, fordert Oscar ihn auf, nicht mehr so traurig zu sein (85); der Arzt wird von Oscar darauf hingewiesen, dass er nicht Gott sei, der über das Leben bestimmen könne (85), weshalb der junge Patient ihm rät, viel entspannter zu sein (85).

Hinweis an den Arzt

Brief 10 (87)

Oscar, der mittlerweile zwischen 80 und 90 Jahre alt ist, schreibt einen sehr kurzen Brief an Gott, in dem er sich über den Verlust Peggy Blues und über das zunehmend beschwerlicher werdende Alter beklagt.

Trauer und Klage

Brief 11 (88–90)

Oscar verlebt die Zeit zwischen seinem 90. und 100. Lebensjahr. Er dankt Gott aufrichtig, dass er ihn endlich besucht hat (88) und ihn das Wunder der Schöpfung hat spüren lassen (89). Er bittet Gott, auch seine Eltern und Peggy Blue diese absolut überwältigende Erfahrung machen zu lassen (90).

Dank für das Wunder der Schöpfung

von etwas angeregt sein: être inspiré, e par qc
aufrichtig: sincèrement
Schöpfung: la Création
überwältigend: grandiose

Brief 12 (91)

Oscar durchlebt die Dekade zwischen dem 100. und dem 110. Lebensjahr. Er denkt über das Wunder des Lebens nach (91), das er auch seinen Eltern zu erklären versucht. Er zweifelt jedoch an seinem Erfolg und bittet Gott um Unterstützung.

Nachdenken über das Wunder des Lebens

Brief 13 (92)

Oscar schreibt im Alter von über 110 Jahren seinen letzten Brief. Er spürt, dass er an der Schwelle zum Tod steht.

an der Schwelle zum Tod

Brief 14 (93–94)

Nach Oscars Tod schreibt Mamie-Rose einen letzten Brief an Gott, in dem sie ihre Trauer ausdrückt, Gott aber auch für die Zeit dankt, die sie mit Oscar verbringen durfte. Durch Oscar, so Mamie-Rose, sei ihr eigener Glaube an Gott gewachsen.

Oscar ist tot

an der Schwelle zum Tod sein: être au seuil de la mort

3. Personen

Oscar

unheilbare Krankheit

Der zehnjährige Oscar ist ein aufgeweckter Junge, der sehr intelligent ist und über viel Humor verfügt. Er ist unheilbar an Leukämie erkrankt und als Folge stationär im Krankenhaus aufgenommen worden. Mit den anderen Kindern im Krankenhaus versteht er sich gut; wie sie hat er einen mit seiner Krankheit in Beziehung stehenden Spitznamen bekommen. Da ihm wegen der Chemotherapie alle Haare ausgefallen sind, wird er »Crâne d'Œuf« (6,3 f.) genannt. Oscar leidet unter seinem äußeren Erscheinungsbild: Zum einen läßt ihn sein kahler Schädel jünger wirken – »j'ai l'air d'avoir sept ans« (6,4) – und zum anderen sieht er, wie er selbst findet, wie ein Marsmensch aus: »moi, avec mon crâne d'œuf, qui ne ressemble ni à un garçon ni à une fille mais plutôt à un Martien« (31,21–23). Anfänglich gefällt es Oscar im Krankenhaus sehr gut:

> »L'hôpital, c'est un endroit super-sympa, avec plein d'adultes de bonne humeur qui parlent fort, avec plein de jouets et de dames roses qui veulent s'amuser avec les enfants, avec des copains toujours disponibles comme Bacon, Einstein ou Pop Corn, bref, l'hôpital, c'est le pied si tu es un malade qui fait plaisir« (6,14–7,3).

aufgeweckt: dégourdi, e
Spitzname: le sobriquet, le surnom
jdm. fallen alle Haare aus: qn perd tous ses cheveux

Oscar teilt die Patienten in zwei Gruppen ein: »les malades qui font plaisir« (7,2 f.) und »(ceux) qui ne font plus plaisir«, wozu er sich selbst auch zählt (7,4). Seit er jedoch zur Kategorie derjenigen Kranken zählt, die keine Freude mehr machen, fühlt er sich im Krankenhaus zunehmend unwohl und unverstanden, sowohl von den Kindern (13,20 f.), als auch von den Ärzten (13,10 f.) und dem gesamten Klinikpersonal: »La pensée d'un médecin, c'est contagieux. Maintenant tout l'étage, les infirmières, les internes et les femmes de ménage, me regarde pareil. Ils ont l'air triste quand je suis de bonne humeur; ils se forcent à rire quand je sors une blague. Vrai, on rigole plus comme avant« (8,6–10).

gute und schlechte Kranke

Oscar spürt die Distanziertheit und die Gezwungenheit der anderen im Umgang mit ihm. Besonders das Verhalten seiner Eltern ihm gegenüber verletzt ihn sehr, macht ihn aber auch gleichzeitig wütend; er weiß durch ein zufällig mitgehörtes Gespräch zwischen seinem Arzt und seinen Eltern, das jedoch nicht für seine Ohren bestimmt war, dass er sterben wird (22). Er erlebt, dass seine Eltern ihn in dieser Situation nicht sehen wollen, sondern vor ihm die Flucht ergreifen; diese Reaktion empfindet er als unerträglich: »Le docteur Düsseldorf a dit à mes parents que j'allais mourir et ils se sont enfuis. Je les déteste« (26,3 f.). Oscar kann sich ihr Verhalten nicht erklären, ihr Schweigen veranlasst ihn, sich

Flucht der Eltern

sich zählen zu: se compter parmi
die Flucht ergreifen: prendre la fuite
unerträglich: insupportable

wie ein Monster zu fühlen: »Ils n'osent pas me parler. Et moins ils osent, plus j'ai l'impression d'être un monstre« (76,7–9). Er beginnt, an sich selbst zu zweifeln, und sucht abwegige Erklärungen für ihr Verhalten: »Pourquoi est-ce que je les terrorise? Je suis si moche que ça? Je pue? Je suis devenu idiot sans m'en rendre compte?« (76,9–11) Er fühlt sich völlig allein und ausgeliefert, hat niemanden, mit dem er über seine Krankheit und seinen bevorstehenden Tod sprechen kann, obwohl er das so gerne möchte (13).

Isolation wegen nahendem Tod

Er ist in eine Situation geraten, in der man ihm mit Schweigen, Ausflüchten und unaufrichtigem Verhalten begegnet; aus dieser Situation kann er sich aus eigener Kraft nicht mehr herausmanövrieren.

Er findet Hilfe bei Mamie-Rose, die aufrichtig mit ihm umgeht, indem sie ihm als einzige bestätigt, was Oscar bestätigt haben will: Die Operation ist erfolglos verlaufen, Oscar wird in absehbarer Zeit sterben (14 f.). Somit hat Oscar eine Vertraute gefunden, die die Mauer des Schweigens, die sich um ihn herum aufgebaut hat, durchbricht. Oscar wird von Mamie-Rose aus seiner Isolation herausgeführt und kann dank ihrer Intervention und

die Mauer aus Schweigen wird gebrochen

abwegig: bizarre, saugrenu, e
ausgeliefert sein: être sans défense
bevorstehend: imminent, e
Ausflucht: le prétexte
unaufrichtig: de mauvaise foi, manquant de sincérité
bestätigen: confirmer
Vertraute: la confidante
herausführen aus: hier: libérer de

Phantasie ein sehr langes und erfülltes Leben durchlaufen (zu ihrer Rolle in Oscars Entwicklung vgl. Kapitel 5 »Interpretation«).

Mamie-Rose

Mamie-Rose, eine ältere Dame, die ihr genaues Alter unter keinen Umständen angeben will – sie warnt Oscar: »Il ne faut surtout pas qu'on sache mon âge ici sinon je me fais chasser (…)« (9,4 f.) – arbeitet ehrenamtlich beim Besuchsdienst im Krankenhaus. Für die Dauer der erzählten Zeit (vgl. Kapitel 4), also Oscars letzte 12 Lebenstage, darf sie sich ausschließlich um ihn kümmern (31,15–18). Sie genießt das Vertrauen und die Zuneigung des kleinen Patienten, weil sie als einzige den Mut hat, Oscars Frage, ob er bald sterben wird, nicht auszuweichen. Oscar schätzt diese Ehrlichkeit sehr:

> Ehrlichkeit von Mamie-Rose

»Si tu dis ›mourir‹ dans un hôpital, personne n'entend. Tu peux être sûr qu'il va y avoir un trou d'air et que l'on va parler d'autre chose. J'ai fait le test avec tout le monde Sauf avec Mamie-Rose.

Alors ce matin, j'ai voulu voir si, elle aussi, elle devenait dure de la feuille à ce moment-là.

– Mamie-Rose, j'ai l'impression que personne ne me dit que je vais mourir.

Elle me regarde. Est-ce qu'elle va réagir comme les autres? S'il te plaît, (…) résiste et conserve tes oreilles!

ältere Dame: une dame d'un certain âge
etwas schätzen: apprécier qc

– Pourquoi veux-tu qu'on te le dise si tu le sais, Oscar! Ouf, elle a entendu« (13,21–14,12).

Sie erfüllt Oscars Wunsch, indem sie ihm eine klare und unmissverständliche Antwort auf seine drängende Frage gibt, die ihm alle anderen verweigert haben: »›Elle est ratée, mon opération, Mamie-Rose?‹ Mamie-Rose n'a pas répondu. C'était sa manière à elle de dire oui« (14,21–23). Obwohl Oscar diese Antwort befürchtet und erwartet hatte, ist er, nun, da er zweifelsfrei um seine Lage weiß, betroffen, was sich in erschrockenem Schweigen ausdrückt: »On s'est tus un petit moment, histoire de bien remuer toutes ces nouvelles pensées« (15,5 f.).

Diesem Schweigen lässt Mamie-Rose einen Vorschlag folgen, der Oscars weiteres Leben einschneidend verändern wird: Sie schlägt ihm vor, Gott Briefe zu schreiben und sich ihm anzuvertrauen (15,7). Da Oscar von seinen Eltern nicht religiös erzogen wurde (28,7–10), weiß er nichts von Gott bzw. hält ihn für den Weihnachtsmann: »(…) pourquoi vous me parlez de Dieu? On m'a déjà fait le coup du Père Noël. Une fois suffit!« (15,13 f.) Mamie-Rose fällt die Aufgabe zu, den Jungen nach und nach in die Grundlagen des christlichen Glaubens einzuführen. Sie kann Oscar, der sich anfänglich sehr skeptisch und ablehnend verhält, dazu überreden, mit dem Briefeschreiben anzufangen. Das Vertrauensverhältnis, das zwischen den bei-

Einführung in den christlichen Glauben

betroffen sein von etwas: être abbatu, e par qc
erschrocken: effrayé, e
sich jdm. anvertrauen: se confier à qn

den herrscht und ihre Behauptung, früher gefürchtete Catcherin gewesen zu sein (11), was Oscar sehr beeindruckt, tragen dazu bei, dass er ihren Vorschlag aufgreift (17).

Mamie-Rose beweist mit ihrer Behauptung, »catcheuse (...) surnommée l'Étrangleuse du Languedoc« (11,8 f.) gewesen zu sein, sehr viel Empathie und Einfühlungsvermögen Oscar gegenüber. Jedes Mal, wenn sich der junge Patient schlecht und schwach fühlt, erzählt sie ihm eine Geschichte, wie sie, die eher kleine und zierliche Frau, sich gegen schier unbesiegbare Gegnerinnen durchsetzen konnte (11,10–12,7). Die Wirkung der Geschichten setzt bei Oscar jedes Mal prompt ein: Er identifiziert sich mit Mamie-Rose und hat das Gefühl, sich wie sie, gegen seinen übermächtigen Gegner, den Krebs, ebenfalls erfolgreich wehren zu können: »J'ai l'impression que c'est moi. Je deviens le plus fort. Je me venge« (12,7 f.).

Flucht in Phantasiewelt

Durch die Flucht ins Reich der Phantasie, durch die Evasion aus einer ungünstigen Realität zeigt Mamie-Rose Oscar eine Möglichkeit auf, Trost zu finden und den Kampf als etwas dem Leben Inhärentes zu betrachten. Mit der Wahl ihrer sehr übertriebenen Beispiele trifft sie zum einen den Geschmack des kleinen Jungen, zum anderen zeigt sie ihm auf, dass es auch in Situationen, die ausweglos erscheinen, eine Lösung geben kann.

etwas beweisen: faire preuve de qc
jdm. gegenüber: envers qn
sich gegen jdn. durchsetzen: s'imposer face à qn
einsetzen: faire effet
ausweglos: sans issue

Ihr Vorgehen ist dabei immer dasselbe: Sie nimmt als Ausgangspunkt jeweils konkrete Situationen aus dem Boxring, also Beispiele aus der von ihr geschaffenen Parallelwelt des Catchens, und überträgt diese auf Oscars Situation im Krankenhaus: So, wie sie in scheinbar ausweglosen Kämpfen den Sieg davontragen konnte, so kann auch Oscar seinen Kampf gewinnen. Diese Strategie wendet Mamie-Rose bei Oscar sowohl in Situationen, in denen es um seine Krankheit geht (z. B. 27,5–12) als auch in Situationen, die Emotionales betreffen, erfolgreich (z. B. 35 f. und 46 f.) an.

Auf diese Weise ermutigt Mamie-Rose Oscar, den Kontakt zu Peggy Blue, in die er heimlich verliebt ist, zu suchen. Da er wegen seiner Behandlung alle Haare verloren hat, findet er sich unansehnlich und vergleicht sich selbst mit einem »martien« (31,23) oder einem »extraterrestre«, den, so fürchtet er, niemand und schon gar nicht Peggy Blue, attraktiv finden könne: »Vous avez vu la tête que j'ai? Faudrait qu'elle apprécie les extraterrestres, et ça, j'en suis pas sûr« (37,17 f.). Mamie-Rose stärkt Oscar, indem sie seine inneren Werte hervorhebt, die im Vergleich zu körperlichen Eigenschaften viel wichtiger sind, wie sie ihm anhand der Geschichte mit Plum Pudding, die trotz körperlicher Vorzüge den Kampf verloren hat, vor Augen führt: »Moi qui avais l'air d'une souris sur un ring, j'en ai battu des catcheuses qui ressemblaient à des baleines

innere Werte vs. körperliche Vorzüge

Ausgangspunkt: le point de départ
den Sieg davontragen: remporter la victoire
auf diese Weise: ainsi, de cette façon
etwas hervorheben: faire ressortir qc
jdm. etwas vor Augen führen: montrer qc à qn

ou à des hippopotames. (…) Toi, mon petit Oscar, tu as l'ossature légère et tu n'as pas beaucoup de bifteck, c'est certain, mais la séduction, ça tient aussi aux qualités de cœur. Et ça, des qualités de cœur, tu en as plein« (46,7–10 bis 47,1–5). Durch Mamie-Roses Geschichten, die gewissermaßen den Wert von didaktischen Exempla haben, verhilft sie Oscar zu Selbstvertrauen und Erfolgserlebnissen, die ihn seine letzten Tage sehr erfüllt erleben lassen.

Oscar gewinnt Selbstvertrauen und Lebensfreude

Oscars Eltern

Über Oscars Eltern erfährt der Leser im Roman nur wenig, Oscar ist ihr einziges Kind (77,10). Da sie beide berufstätig sind und weit entfernt vom Krankenhaus wohnen, können sie Oscar nur am Wochenende besuchen kommen (20). Sie scheinen in finanziell gesicherten Verhältnissen zu leben: Immerhin fahren sie einen roten Jeep mit weißem Verdeck (19,11 f.) und können es sich leisten, ihrem Sohn wöchentlich Geschenke ins Krankenhaus mitzubringen (43), die er allerdings, bis auf eine Ausnahme, nicht goutiert. Nur der CD-Player findet seinen Gefallen: »Aujourd'hui, il (le père) m'avait apporté un lecteur de disques. Là, j'ai pas pu critiquer même si j'en avais envie« (44,1–3).

regelmäßige Besuche im Krankenhaus

Selbstvertrauen: la confiance en soi
ein Erfolgserlebnis haben: faire une expérience valorisante
in finanziell gesicherten Verhältnissen leben: être financièrement à l'aise

Seit Oscar sich in stationärer Behandlung im Krankenhaus befindet, hat sich das Verhältnis zwischen ihnen und ihrem Sohn stetig verschlechtert, während ihre Beziehung vorher gut gewesen zu sein scheint (45,8–11). Nun herrscht bei jedem Besuch ängstlich gespanntes Schweigen zwischen ihnen und ihm, das nur überspielt werden kann, indem der Vater sinnlos erscheinende Spielanleitungen vorliest (43). Beide Eltern würden gerne mit ihrem Sohn sprechen und spüren die Notwendigkeit eines offenen Gesprächs, aber sie finden keinen Zugang zu Oscar: »Je sentais qu'ils voulaient me dire des choses et qu'ils n'y arrivaient pas« (44,21 f.). Sie leiden unter der Situation genauso sehr wie Oscar: »Ils étaient mal comme tout« (44,19 f.).

Angst vor dem Tod macht Kommunikation unmöglich

Selbst als Oscar sie explizit auf ihren Besuch an dem betreffenden Samstag anspricht, als Dr. Düsseldorf ihnen die schlechte Nachricht der erfolglosen Behandlung mitgeteilt hat, weichen sie aus bzw. lügen Oscar an (44,4–6). Sie nehmen Oscars freche Bemerkung, dass er es schade fände, Eltern nicht einfach wie ein Auto austauschen zu können, wortlos hin (44,10 f.) und reagieren in keinster Weise darauf. Auch als sich Oscar ihnen demonstrativ entzieht, indem er stundenlang in ihrer Gegenwart

Blockade zwischen Oscar und seinen Eltern

sich verschlechtern: se détériorer
etwas überspielen: dissimuler qc
Zugang: l'accès (m.)
der betreffende Samstag: le samedi en question
jdn. auf etwas ansprechen: parler de qc à qn
sich jdm. entziehen: se dérober à qn

Musik hört und sie komplett ignoriert, bleiben sie handlungsunfähig (44). Sie sind völlig außerstande, die Blockade, die sich zwischen ihnen und Oscar immer stärker auftürmt, aufzubrechen, und ziehen sich stattdessen hilflos immer weiter zurück. Oscar entgleitet ihnen völlig. Nur durch Mamie-Roses Hilfe, mit der sie über ihren Sohn sprechen können (76,19), finden sie wieder zu ihm zurück.

Le Docteur Düsseldorf

leidender Arzt

Dr. Düsseldorf ist Oscars behandelnder Arzt im Krankenhaus. Äußerlich fällt er Oscar wegen seiner buschigen schwarzen Augenbrauen auf (7,14; 13,3); noch auffälliger findet Oscar jedoch sein Verhalten ihm gegenüber. Durch den ganzen Roman hindurch wird er als sehr trauriger, stiller, zurückhaltender Mensch beschrieben: »Il a l'air tellement malheureux« (7,15). Oscar vergleicht ihn deshalb mit einem Weihnachtsmann, dem die Geschenke ausgegangen zu sein scheinen: »Il a la mine désolée d'un Père Noël qui n'aurait plus de cadeaux dans sa hotte« (13,3–5). An anderer Stelle erinnert Dr. Düsseldorf Oscar an einen geprügelten Hund: »Le docteur Düsseldorf est passé nous voir. Il traînait son air de chien battu, ce qui le rend encore plus expressif, avec ses grands sourcils noirs« (84,16–18).

außerstande sein etwas zu tun: être incapable de faire qc
sich auftürmen: se dresser
aufbrechen: rompre
jdm. entgleiten: échapper à qn

der Arzt macht Oscar ein schlechtes Gewissen

Durch sein Schweigen nach der erfolglos durchgeführten Operation macht Dr. Düsseldorf Oscar ein schlechtes Gewissen: »Plus le docteur Düsseldorf se tait avec son œil désolé, plus je me sens coupable« (8,1–3). Der Arzt suggeriert dem Jungen durch sein Verhalten, er, der Patient, habe einen Fehler gemacht: »Quand le docteur Düsseldorf m'examine, le matin, le cœur n'y est plus, je le déçois. Il me regarde sans rien dire comme si j'avais fait une erreur« (7,6–9). Oscar kann die Stille und den leidenden, vorwurfsvollen Blick des Arztes nur sehr schwer ertragen; allerdings lässt er sich nicht gänzlich von der offen zur Schau gestellten Resignation des Mediziners beeindrucken; er zieht dessen Kompetenz und Autorität als Arzt in Zweifel und schreibt ihm seinerseits die Verantwortung für die erfolglose Behandlung zu, während er den Part herausstellt, den er selbst zum möglichen Gelingen des Unterfangens beigetragen hat:

Zweifel am Können des Arztes

> »Pourtant je me suis appliqué, moi, à l'opération; j'ai été sage, je me suis laissé endormir, j'ai eu mal sans crier, j'ai pris tous les médicaments. Certains jours, j'ai envie de lui gueuler dessus, de lui dire que c'est peut-être lui, le docteur Düsseldorf, avec ses sourcils noirs, qui l'a ratée, l'opération« (7,9.15).

etwas zur Schau stellen: afficher, manifester qc
etwas in Zweifel ziehen: mettre qc en doute
jdm. die Verantwortung für etwas zuschreiben: tenir qn responsable de qc
zu etwas beitragen: contribuer à qc

Der Arzt macht jedoch einen so mitleiderweckenden Eindruck auf Oscar, dass er seine Wut hinunterschluckt und seinerseits schweigt: »Mais il a l'air tellement malheureux que les insultes me restent dans la gorge« (7,15–8,1). An anderer Stelle jedoch nutzt Oscar seine Situation Dr. Düsseldorf gegenüber aus: Nach seiner Befreiung aus dem Besenschrank erpresst Oscar den Arzt gewissermaßen durch sein nicht enden wollendes Geschrei. Er lässt sich erst dann beruhigen, als Dr. Düsseldorf ihm den Wunsch, Mamie-Rose zu rufen, erfüllt: »Rien à faire. Je n'écoutais même plus ce qu'on me disait. Je voulais voir Mamie-Rose. Le docteur Düsseldorf avait l'air très contrarié par rapport à ses collègues de n'avoir aucune autorité sur moi. Il a fini par craquer« (25,3–8). Ein weiteres Mal muss sich Dr. Düsseldorf Oscar geschlagen geben, als Oscar das tägliche Besuchsrecht für Mamie-Rose durchsetzt, zu dem Dr. Düsseldorf seine Zustimmung geben muss: »Le docteur Düsseldorf, en ce moment, il fait dans sa culotte quand il me voit. Allez lui demander la permission, Mamie-Rose. Je plaisante pas« (30,19–21).

Oscar setzt sich gegen Dr. Düsseldorf durch

Auch am Ende des Romans erweist sich Dr. Düsseldorf als der Unterlegene. Er ist derjenige, der sich von Oscar seinen Platz zuweisen lassen muss: »Vous n'êtes pas

Arzt kann nur reparieren

hinunterschlucken: avaler
jdn. erpressen: faire chanter qn
sich geschlagen geben: s'avouer vaincu, e
etwas bei jdm. durchsetzen: obtenir qc de qn
seine Zustimmung zu etwas geben: consentir à qc
sich erweisen als: se révéler être qn/qc

Dieu le Père. Ce n'est pas vous qui commandez à la nature. Vous êtes juste réparateur« (85,12–14). Zunächst scheint es ihm schwerzufallen, diese Wahrheit von Oscar anzunehmen: »En m'écoutant, le docteur Düsseldorf avait la bouche comme s'il gobait un œuf« (85,19 f.), doch dann fallen Traurigkeit und Distanziertheit, die ihn durch den ganzen Roman hindurch umgeben haben, vom ihm ab und er kann endlich fröhlich sein und Nähe zulassen: »Puis il a souri, un vrai sourire, et il m'a embrassé« (86,1 f.).

Peggy Blue

Peggy Blue ist Oscars Mitpatientin, die er sehr gerne mag. Sie erinnert ihn, nicht zuletzt wegen ihrer bläulichen Hautfarbe, an eine Fee, von der er fasziniert ist: »Elle était posée sur son lit, on aurait dit Blanche-Neige (…). Elle n'a rien dit, et c'est ça qu'est bien, avec Peggy Blue, c'est qu'elle ne dit jamais rien et que tout reste mystérieux« (39,10–20). Peggy Blue scheint – zumindest in Oscars Wahrnehmung – über magische Kräfte zu verfügen: In ihrer Gegenwart ist er der Realität enthoben, seine Sinne hingegen sind geschärft:

Oscar ist fasziniert von Peggy Blue

jdn. an etwas erinnern: faire penser qn à qc
magische Kräfte: des pouvoirs magiques
über etwas verfügen: disposer de qc
der Realität enthoben sein: planer au-dessus de la réalité
schärfen: aiguiser

»Elle m'a regardé, elle a battu des cils et j'ai eu l'impression que le film passait au ralenti, que l'air devenait plus aérien, le silence plus silencieux, que je marchais comme dans de l'eau et que tout changeait lorsqu'on s'approchait de son lit éclairé par une lumière qui tombait de nulle part« (39,24–40,5).

Rivalisieren um Peggy Blue

Oscar, der sich wegen seiner fehlenden Haare für unansehnlich hält, kann sich nicht vorstellen, dass Peggy Blue sich für ihn interessieren könnte. Aufgrund seiner schlechten körperlichen Verfassung hält er es daher für ausgemacht, dass er seinem Rivalen, Pop Corn, der bei Peggy Blue Rechte geltend machen zu können glaubt, den Vortritt lassen muss, da er sich außerstande sieht, um Peggy Blue zu kämpfen.

Oscar als Gentleman

Pop Corn verhält sich in dieser Situation animalisch; er handelt so, wie im Tierreich üblich: Der Stärkere kann die Frau für sich beanspruchen, der Schwächere hat das Feld zu räumen. Mamie-Rose hingegen versetzt Oscar in die Rolle eines Gentleman, der die Frau durch Verführung und nicht durch die Demonstration von Kraft und Stärke für sich gewinnt. Peggy Blue reagiert positiv auf Oscars Werben:

etwas geltend machen: faire valoir qc
jdm. den Vortritt lassen: s'effacer devant qn
Tierreich: le règne animal
jdn. für sich beanspruchen: s'accaparer qn
das Feld räumen: laisser la place
Verführung: la séduction
Werben: les avances (f.)

»Ça, j'ai bien vu que ça lui faisait plaisir. Je l'avais pas dit pour, mais c'était clair que ça lui faisait plaisir« (48,11–13). Peggy Blue versichert Oscar sehr schnell, dass sie seine Gefühle erwidert und von ihm – und nicht von Pop Corn – beschützt werden will (48,14 f.). Durch Peggy Blues Zuneigung erfährt Oscar Selbstvertrauen und Stolz, durch sie erlebt er sich in der Rolle des ritterlichen Beschützers, dessen innere Werte mehr zählen als Äußerlichkeiten und körperliche Eigenschaften.

Entwicklung einer stabilen Beziehung

Die Beziehung zwischen Oscar und Peggy Blue wird intensiver und tiefer, jeder von beiden sorgt sich um den anderen; so dachte Oscar immer, dass Peggy nachts weinen würde, während Peggy davon überzeugt war, dass es Oscar sei (51,17–19). Mit Peggy Blue findet Oscar schnell zu einer tragfähigen Beziehung, sowohl sinnlich (52,9) als auch psychisch harmonieren beide ausgesprochen gut: »C'est fou ce qu'on a comme points communs, les mêmes idées, les mêmes questions« (52,7 f.). Oscars Beziehung zu Peggy Blue wächst weiter und wird noch ernsthafter, was sich darin ausdrückt, dass Oscar Gott bittet, Peggys Operation gut verlaufen zu lassen (62,9–12). Am Ende des Romans zeigt sich Oscars altruistische Liebe zu Peggy Blue darin, dass er Gott kurz vor seinem Tod bittet, sie dieselbe Erfahrung seiner Allmacht machen zu lassen, wie ihn selbst, obwohl er weiß, dass er Peggy nie mehr wiedersehen wird (90,3). An diesem Punkt hat Oscars Liebe zu Peggy Blue ihre höchste Entwicklungsstufe erreicht.

ritterlicher Beschützer: le chevalier protecteur
tragfähig: sérieux, -euse

La Chinoise

Gegenentwurf zu Peggy Blue

La Chinoise, alias Sandrine, ist ebenfalls eine Mitpatientin Oscars. Sie ist auf allen Ebenen ein Gegenentwurf zu Peggy Blue. Während Peggy für Oscar aufrichtig empfindet, nutzt Sandrine ihn aus und führt ihn vor seinen Freunden und seinen Eltern vor. Sandrine ist das erste Mädchen, das Oscar küsst, allerdings tut er das nicht freiwillig, sondern wird von ihr dazu gezwungen. Der Kuss ist nicht Ausdruck gegenseitiger Zuneigung, sondern er ist die Reaktion Oscars auf eine gegen ihn gerichtete Provokation Sandrines. Vor Zuschauern erniedrigt Sandrine Oscar (41,14 f.), stellt ihn als Versager dar. Um sein Ansehen zu retten, bleibt ihm nichts anderes übrig, als die Rolle zu spielen, die sie ihm aufdrängt. Oscar erlebt die erzwungene sinnliche Erfahrung als extrem eklig (42,2–5). Er ist wütend, dass sie sich ihm gegen seinen Willen aufgedrängt hat, und weist sie in der Folge harsch zurück. Oscars Eltern werden zufällig Zeuge dieser für ihren Sohn sehr peinlichen Szene. Auf ihre Frage, ob er mit Sandrine befreundet sei, antwortet er bestimmt: »Ce n'est pas mon amie. (…) Non. Sandrine reste ici« (42,18, 43,8). Die Demü-

selbstbestimmte Beziehung

jdn. ausnutzen: tirer profit de qn
jdn. vorführen: ridiculiser qn
gegenseitig: mutuel, le
jdn. erniedrigen: humilier qn
Ansehen: la réputation
jdn. zurückweisen: repousser qn

tigung, die er durch ihre Aufdringlichkeit erlebt hat, wird durch die unfreundliche Abweisung ausgeglichen. Oscar hat an diesem Punkt die Rolle desjenigen inne, der über seine Beziehungen selbst bestimmt.

4. Werkstruktur

Aufbau

Oscar et la dame rose umfasst insgesamt 14 Briefe, von denen der Protagonist Oscar die ersten 13 verfasst, Mamie-Rose hingegen schreibt den letzten Brief nach Oscars Tod. Insofern kann *Oscar et la dame rose* als Briefroman gelesen werden.

unidirektionaler Briefroman

Eine formale Besonderheit zeichnet den Roman aus: Die Briefe werden nur von einer Person (Ausnahme ist der letzte Brief) und nur in eine Richtung geschrieben (Oscar schreibt an Gott). Diese Eigentümlichkeit verortet den Roman in der Gattung des »roman épistolaire monodique«[4]: Gott, der Adressat der Briefe, antwortet verständlicherweise nicht durch Briefe, sondern teilt sich Oscar auf andere Weise mit. Diese Kommunikationssituation, die zwischen dem Absender Oscar und dem Empfänger Gott vorliegt, entspricht, cum grano salis, der Situation, die von Romantheoretikern als »duo«[5] bezeichnet wird. Durch die Unidirektionalität der Briefe im »roman épistolaire monodique« wird die Situation, in der sich der Absender befindet, besonders deutlich: Oscar ist in einer sehr schwierigen Situation, er fühlt sich von (fast) allen Menschen, die ihm wichtig sind, verraten und verlassen

umfassen: comprendre
Briefroman: le roman épistolaire
Eigentümlichkeit: la particularité
verorten: situer
sich jdm. mitteilen: se manifester à qn

und ist deshalb unglücklich. Durch das Briefeschreiben, zu dem ihn Mamie-Rose ermutigt, erhofft er sich eine Verbesserung seiner momentanen Lage, zumal ihm Mamie-Rose dies auch in Aussicht stellt: »Tu te sentirais moins seul« (16,6). Diese Vorhersage der »dame rose« ist romantheoretisch verankert: »La monodie, parce qu'elle souligne une posture solitaire, est souvent favorable à l'expression d'une souffrance, (…) et plus généralement de la difficulté à établir une communication«[6] (vgl. Kapitel 5 »Interpretation«).

Ausdruck des Leidens

Oscar schreibt jeden Tag einen Brief an Gott und erzählt ihm darin von den Geschehnissen im Krankenhaus, von seinem Umgang mit den anderen jungen Patientinnen und Patienten und dem Krankenhauspersonal. Mit Ausnahme der Datierungen hält Oscar alle Formalia, die Briefe erfordern, ein: Er beginnt jeden Brief mit der Anrede »cher Dieu« und endet – mit Ausnahme des zehnten und letzten von ihm verfassten Briefes, also des dreizehnten, mit der Schlussformel »À demain, bisous, Oscar«. Im zehnten Brief fehlt die Formel am Ende, Oscar firmiert nur mit seinem Namen. Er lässt den Gruß weg, weil er sich an diesem Tag emotional von Gott entfernt hat. Peggy Blue, Oscars »Ehefrau«, ist nach erfolgreicher Operation nach Hause zu ihren Eltern zurückgekehrt, Oscar selbst bleibt im Krankenhaus zurück mit der traurigen Gewissheit, sie nie wie-

formale Besonderheiten

jdm. etwas in Aussicht stellen: mettre qc en perspective à qn
Vorhersage: la prédiction
sich von jdm. entfernen: se distancier de qn

der zu sehen. Das fortschreitende Alter – am Tag des zehnten Briefes ist er bereits zwischen 80 und 90 Jahre alt – setzt ihm zu: »C'est moche de vieillir« (87,8). All diese Umstände machen ihn traurig, er fühlt sich – auch von Gott – verlassen, was ihn dazu bringt, Gott seine Zuneigung an diesem Tag zu entziehen: »Aujourd'hui, je ne t'aime plus« (87,9). Daher fehlt in der Schlussformel konsequenterweise der Gruß an Gott.

Auch der letzte Brief Oscars, am Vortag seines Todes verfasst, trägt nur Oscars Unterschrift. Die von ihm üblicherweise verwendete Formel »à demain« unterbleibt, möglicherweise als Zeichen dafür, dass Oscar, während er noch schreibt (»Je crois que je commence à mourir«, 92,2 f.), an der Schwelle zur Ewigkeit steht, wo es keine Zeit gibt und Zeitangaben daher sinnlos sind.

Reflexion des Zustandes

Die Briefe spiegeln den Seelen- und Gesundheitszustand Oscars wieder: Je schwächer er wird, desto kürzer werden die Briefe. Der letzte Brief umfasst gerade noch 16 Wörter.

Erzählstruktur

Der Eindruck, tatsächlich Briefe eines Kindes vor sich zu haben, wird unter anderem durch die dem Werk zugrunde liegende Erzählstruktur hervorgerufen. Éric-Emmanuel

jdm. zusetzen: peser à qn
jdm. etwas entziehen: retirer qc à qn
Vortag: la veille
Ewigkeit: l'éternité (f.)
etwas hervorrufen: générer, susciter qc

eingeschränkte Erzählperspektive

Schmitt lässt den Erzähler Oscar in der 1. Person schreiben. Damit liegt eine interne Fokalisierung vor, die Erzählperspektive ist eingeschränkt bzw. auf die Sichtweise des Erzählers beschränkt.[7] Dadurch entsteht beim Leser der Eindruck der subjektiven Wiedergabe, Empathie für den Protagonisten stellt sich ein, der Leser erlebt das dargestellte Geschehen durch die Perspektive des todkranken Kindes. Andere Sichtweisen bleiben durch die Konzeption als »roman épistolaire monodique« ausgespart. Jedoch werden in den Briefen Aussagen anderer Protagonisten (vor allem die von Mamie-Rose und an einzelnen Stellen die von Dr. Düsseldorf) als direkte Rede aufgenommen. Die eingefügte Figurenrede macht die Briefe dynamisch und erzeugt den Eindruck tatsächlich stattfindender Dialoge.

eingefügte Figurenrede

Dieses Stilmittel zur verlebendigenden und plastischen Wiedergabe der Situation und zur Steigerung der Dramatik lässt sich besonders gut an dem Beispiel erläutern, als Oscar nach seiner Flucht in den Besenschrank gefunden wird und das gesamte Klinikpersonal in heller Aufregung ist (24,14–25,2). Die ganze Situation wird in direkter Rede geschildert, als Abfolge schnell aufeinander folgender Wortwechsel, die tatsächlich gesprochene Sprache simuliert. Oscar werden Fragen nach seinem Verbleib gestellt, er

interne Fokalisierung: la focalisation interne
Erzählperspektive: la perspective narrative
etwas aussparen: laisser de côté qc
in heller Aufregung: dans tous ses états

beharrt auf seinem Wunsch, Mamie-Rose sehen zu wollen, den er die ganze Zeit unverändert wiederholt: »Je veux voir Mamie-Rose.« Als auch Ablenkungsmanöver nichts nützen, um den Jungen umzustimmen (»Prends un verre d'eau. Prends une bouchée de ...«), bleibt dem Arzt nichts anderes übrig, als nachzugeben: »Qu'on aille chercher cette dame!« (25,9). Die direkte Figurenrede lässt die Szene – gewissermaßen wie auf der Theaterbühne – vor den Augen des Lesers mimetisch erstehen.

Funktionen direkter Rede

Die Verwendung direkter Rede in Gesprächen zwischen Oscar und Mamie-Rose hat meistens die Funktion, das Dargestellte zu verlebendigen. Im Dialog in der Krankenhauskapelle jedoch, übernimmt die direkte Rede die Funktion eines philosophischen Gesprächs, das im weitesten Sinn an ein sokratisches Gespräch erinnert. Die Rolle Mamie-Roses als Mentorin Oscars (vgl. Kapitel 5 »Interpretation«) wird hier deutlich sichtbar.

Erzählzeit versus erzählte Zeit

Erzählzeit viel kürzer als erzählte Zeit

Die Erzählzeit in *Oscar et la dame rose* ist so lang, wie der Leser braucht, um die Briefe zu lesen. Die erzählte Zeit umfasst die Zeit, die Oscar in seinen Briefen abdeckt. Da die Briefe nicht datiert sind (vgl. »Aufbau« in Kapitel 5 »Werkstruktur«), kann der zeitliche Rahmen der Erzählzeit nur aus textinternen Angaben erschlos-

Ablenkungsmanöver: la manœuvre de diversion
jdn. umstimmen: faire changer qn d'avis

sen werden. Im zweiten Brief wird das Datum von Oscar explizit genannt: »On est le 19 décembre« (32,7), was eine Fixierung des zeitlichen Rahmens der Erzählzeit gestattet. Die Zeitspanne, über die hinweg Oscar Briefe schreibt, erstreckt sich also vom 18. Dezember bis zum 30. Dezember (dem Tag, an dem Oscar seinen letzten Brief schreibt) bzw. bis zum 31. Dezember, Oscars Todestag, was Mamie-Rose im allerletzten Brief mitteilt.

Die erzählte Zeit jedoch ist um ein Vielfaches länger, da Mamie-Rose Oscar vorschlägt, jeden Tag wie zehn Jahre zählen zu lassen (32,20–22). Durch die Multiplikation mit dem Faktor 3650 dehnt sich die erzählte Zeit auf 110 bzw. 120 Jahre aus. Oscar hat somit die Illusion, ein sehr langes Leben, wenn auch nur im Zeitraffer, durchleben zu können und in seinen Briefen zu beschreiben.

Leben im Zeitraffer

Ort

Der Ort der Handlung ist – bis auf eine Ausnahme – das Krankenhaus, in dem Oscar stationär aufgenommen worden ist. Es ist der Ort, an dem er sich, zumindest am Anfang seines Aufenthalts, wohlfühlt: »L'hôpital, c'est un endroit super-sympa, avec plein d'adultes de bonne humeur qui parlent fort, avec plein de jouets et de dames roses qui veulent s'amuser avec les enfants, avec des copains toujours disponibles, comme Bacon, Einstein ou Pop Corn, bref, l'hôpital, c'est le pied si tu es un malade qui fait plaisir« (6,14–7,3). Im Krankenhaus kann sich Oscar frei bewegen;

im Zeitraffer: en accéléré

wegen seines sehr prekären Gesundheitszustandes verbringt er jedoch die meiste Zeit in seinem Zimmer. Dennoch verlässt er sein Krankenzimmer bisweilen und sucht, absichtlich oder unabsichtlich, andere Räumlichkeiten auf. Vier davon sind für Oscar besonders bedeutsam, weil sie wichtige Meilensteine in seiner Entwicklung markieren bzw. die Orte sind, an denen Oscars Entwicklung eine markante Phase erreicht (vgl. Kapitel 5 »*Oscar et la dame rose* als Entwicklungsroman«). Entscheidende Räume, in denen Oscars weiteres Leben nachhaltig beeinflusst wird, sind Dr. Düsseldorfs Dienstzimmer, der Besenschrank, Peggy Blues Krankenzimmer und die Krankenhauskapelle, die sich etwas außerhalb des eigentlichen Krankenhausgebäudes befindet. Keinen dieser vier bedeutungsträchtigen Orte kann Oscar direkt erreichen; er muss sich sowohl räumlich als auch psychisch darauf vorbereiten, in den entsprechenden Raum zu gelangen und somit eine weitere Stufe seiner Entwicklung zu absolvieren.

bedeutsame Räume

Dr. Düsseldorfs Dienstzimmer ist der Ort, an dem Oscar die Wahrheit über seinen Gesundheitszustand und die weitere Prognose erfährt. Bevor er das Zimmer erreicht, muss er heimlich und unbemerkt eine Treppe hinuntersteigen und ein Stück Weg im Halbdunkel zurücklegen: »(…) quand personne ne me voyait, j'ai descendu l'escalier, puis j'ai marché dans la pénombre jusqu'au bu-

Dr. Düsseldorfs Dienstzimmer

absichtlich: intentionellement, exprès
bedeutsam: significatif, -ive
erreichen: atteindre, gagner

reau du docteur Düsseldorf« (21,20–22,2). Als er sein Ziel erreicht hat, bekommt er die Antwort auf seine drängende Frage nach Leben oder Tod. Nun ist für Oscar gewiss, was bisher noch vor ihm verborgen bleiben sollte.

Besenschrank als Sarg

Der Besenschrank, in den Oscar sich flüchtet, ist ein zweiter symbolbeladener Ort; dorthin gelangt er ohne lange Vorbereitung: »J'ai ouvert la première porte qui se présentait. C'est comme ça que je me suis retrouvé dans le placard à balais où j'ai passé le reste de la matinée (…)« (23,2–5). Während seiner Zeit im Besenschrank weilt Oscar gewissermaßen nicht mehr unter den Lebenden. Der dunkle, enge Besenschrank erinnert an einen Sarg, in den sich Oscar, nachdem er die Todesnachricht gehört hat, begibt. Jedoch wird er daraus wieder befreit und beginnt danach eine neue Etappe in seinem Leben mit neuer Zeitrechnung, zu der ihm Mamie-Rose verhilft.

Krankenzimmer als Ort der Liebe

Das Krankenzimmer von Peggy Blue hingegen ist der Ort, an dem Oscar zum ersten Mal die Liebe kennenlernt. Auch diesen Ort kann er nicht sofort erreichen, sondern er braucht auch hier einen Vorlauf, bevor er das Glück mit Peggy erleben kann.

Krankenhauskapelle als Ort des Vertrauens

Der letzte zum Krankenhaus gehörende Ort, an dem Oscars Leben nachhaltig beeinflusst wird, ist die Krankenhauskapelle. Auf den Besuch dort muss sich Oscar lange vorbereiten und der Weg dorthin ist für ihn beschwerlich und nicht allein zu schaffen: »(Mamie-Rose)

Sarg: le cercueil

m'a pris dans ses bras et m'a conduit à la chapelle qui se trouve au fond du parc de l'hôpital, au-delà des pelouses gelées (…)« (55,17–19). Jedoch lohnt sich die Anstrengung für Oscar, denn in der Kapelle lernt er, Gott zu vertrauen, was seinem Leben eine komplett neue Wendung gibt.

Krankenhaus als Ersatzzuhause

In der Endphase seiner Krankheit ist das Krankenhaus Oscars Ersatzzuhause geworden, seine Eltern kommen nur zu Besuch, sie sind wie (ungebetene) Gäste, die allsonntäglich anreisen. Da Oscars Verhältnis zu seinen Eltern anfangs sehr angespannt ist, erlebt er sie wie Eindringlinge, die in den geschützten Raum des Krankenhauses hereinplatzen und sein Leben dort aus dem gewohnten Rhythmus reißen: »C'est à ce moment-là qu'une main m'a tapé dans le dos. Un malheur n'arrive jamais seul: mes parents. On était dimanche et j'avais oublié« (42,14–16). Oscars Abneigung seinen Eltern gegenüber wächst stetig weiter und findet ihren Höhepunkt darin, dass er – da er die Vorstellung, mit ihnen Weihnachten verbringen zu müssen, unerträglich findet – heimlich mit Hilfe seiner Freunde aus dem Krankenhaus zu Mamie-Rose flieht. Paradoxerweise trifft er ausgerechnet dort durch Mamie-Roses Intervention seine Eltern und versöhnt sich am Heiligen Abend mit ihnen. Die Versöhnung findet durch Vermittlung Mamie-Roses an einem dritten Ort statt.

vermittelte Versöhnung

Eindringling: l'intrus (m.)
an einem Ort hereinplatzen: débarquer à un endroit
Abneigung: l'aversion (f.)
heimlich: en catimini

Das Haus Mamie-Roses markiert also einen weiteren bedeutungstragenden Ort in Oscars Entwicklung. Nach diesem Höhepunkt kehrt Oscar ins Krankenhaus zurück, das er mehr denn je als sein Zuhause betrachtet: »Ça m'a fait plaisir de revenir chez moi, à l'hôpital« (80,5 f.). Nachdem Oscar und seine Eltern sich gewissermaßen an einem neutralen Ort versöhnt und das Unsagbare gesagt wurde (vgl. Kapitel 5 »Interpretation«), erlaubt der Junge seinen Eltern Zutritt zu der Welt des Krankenhauses, also zu seiner Welt, aus der er sie bislang zurückgewiesen hatte. Durch die Aussage Oscars »Sûr que je n'ai plus envie de partir« (80,7 f.) wird klar, dass er das Krankenhaus nicht mehr verlassen und dort sterben wird.

Sprache

Die Sprache in *Oscar et la dame rose* ist einfach, sowohl mit Blick auf die Syntax als auch mit Blick auf die Lexik. Dennoch gelingt es Éric-Emmanuel Schmitt, in dieser Sprache so komplexe Themen wie Sterben und Tod verständlich darzustellen. Er verzichtet auf jeden sprachlichen Ballast (z. B. auf Fachtermini jeglicher Art), klar und schnörkellos steht die Botschaft im Zentrum des Romans. Schmitt setzt Sprache jedoch in mimetischer Funktion ein: Er bildet den Sprachduktus des zehnjährigen Protagonisten ab; deshalb finden sich im Roman zahlreiche Beispiele gesprochener Sprache, die die Briefe authen-

Simulation gesprochener Sprache

das Unsagbare sagen: dire l'indicible
mimetische Funktion: la fonction mimétique

tisch wirken lassen. Die Charakteristika gesprochener Sprache erstrecken sich auf nahezu alle sprachlichen Kategorien: Morphologie (z. B. die eingliedrige Verneinung: »je te la présente pas« (3,15)), Lexik (»j'étais plutôt furax« (28,16 f.), »est-ce que vous allez foutre la paix« (53,9), »j'aurai la trouille« (60,1)). Vor allem im Bereich der Syntax fallen gesprochen sprachliche Markierungen auf: Segmentierungen (»Moi, je ne fais plus plaisir«, 7,4; »C'est interchangeable, les voitures«, 44,9), »mises en relief (»L'hôpital, c'est un endroit super-sympa«, 6,14; »les médecins, c'est inusable«, 13,12 f.; »C'est fou ce qu'on a comme points communs«, 52,7), Ellipsen (»Pas de vœu aujourd'hui«, 67,5). Die Anrede, die Oscar für Gott wählt (»cher Dieu«) und die Art, wie Oscar mit Gott spricht, wirkt kindlich, naiv und unverstellt; auch hier fingiert Schmitt authentisch gesprochene Kindersprache, die anrührend wirkt (»je vais pas t'expliquer où c'est, vu que c'est chez toi«, 55,20 f.; »maintenant qu'on est copains, qu'est-ce que tu veux que je t'offre pour ton anniversaire?«, 70,13 f.).

5. Interpretation

In nur zwölf Tagen durchlebt Oscar im Zeitraffer ein ganzes Menschenleben. Er, der unheilbar an Krebs erkrankte Junge, stirbt gemäß seiner eigenen Zeitrechnung im Alter von 120 Jahren. Sein objektiv gemessen sehr kurzes, subjektiv wahrgenommen aber sehr langes Leben, läuft in den 13 Briefen, die er an Gott richtet, vor den Augen des Lesers ab. Während der verschiedenen Lebensphasen beschäftigt sich Oscar, von Mamie-Rose dazu angeregt, mit Grundfragen menschlicher Existenz (wie etwa Freundschaft, Liebe, Glaube, Religion, Tod), erreicht einen sehr hohen Grad an spiritueller Reife und vollzieht eine Wandlung vom Atheisten zum gläubigen Christen. Dies legt eine Interpretation als Entwicklungsroman nahe.

gewachsener Glaube

»Oscar et la dame rose« als roman d'apprentissage

Nach Stallioni[8] sind für den »roman d'apprentissage« folgende Elemente konstitutiv: Ein junger, meist männlicher Held, durchlebt unter dem erzieherischen Einfluss einer Mentorfigur einen Reifeprozess, wobei er verschiedene Prüfungen – auch psychischer und spiritueller Art – bestehen muss, um am Ende zu sich selbst zu finden. All diese Elemente sind Bestandteil von *Oscar et la dame rose.*

Charakteristika des Entwicklungsromans

Reife: la maturité
eine Wandlung von … zu … vollziehen: passer de … à …
Entwicklungsroman: le roman d'apprentissage

Am Anfang des Romans stellt sich Oscar als zehnjähriger, an Leukämie erkrankter Junge vor, der sich seit seiner erfolglos verlaufenen Behandlung zunehmend von allen ihn umgebenden Menschen unverstanden und zurückgewiesen fühlt. Die Ärzte und das Krankenhauspersonal, seine jungen Mitpatienten und erst recht seine Eltern behandeln ihn in seiner Wahrnehmung jetzt mit Indifferenz, Kälte und Schweigen, worunter er einerseits sehr leidet, was ihn andererseits in seiner Hilflosigkeit aber auch wütend macht. Am Ende des Romans hat er sich jedoch mit allen ausgesöhnt und kann im Vertrauen darauf, dass Gott ihn erwecken wird, sterben.

Zwischen der Anfangs- und der Schlusssituation durchläuft Oscar verschiedene Entwicklungsstadien, d. h., er reift als Mensch. Darüber hinaus wächst in Oscar der Glaube an Gott, so dass er überdies eine spirituelle Reife erlebt. Oscar erkennt, dass der Tod, wenn er nicht im Kontext des Glaubens verstanden wird, die Menschen vor Angst sprachlos werden lässt. Er erfährt, dass der Tod – trotz aller medizinischer Fortschritte – unausweichlich ist, dass er aber, soll er die Menschen nicht vom Leben abhalten, nicht als unaussprechliches Tabu behandelt werden darf. Zu Beginn des Romans stellen Tod und Sterben jedoch noch ein solches Tabu dar, das keinen Platz in einer säkularen, an Wissenschaft und Technik ausgerichteten Gesellschaft hat. Von der Medizin wird die Heilung aller

Sterben und Tod als Tabuthema

Erwartungen an die Medizin

reifen: mûrir
sprachlos: muet, te

möglichen Krankheiten erwartet, der Sieg der Medizin über den Tod wird zunehmend als machbar angesehen; den Patienten wird immer stärker suggeriert, dass sie einen aktiven und selbstbestimmten Part mit Blick auf ihre Heilung übernehmen könnten. Patienten, die dieser Sicht der Dinge entsprechen, sind Patienten »(qui font) croire que la médecine, c'est formidable« (8,4 f.).

Nachdem Oscars Chemotherapie und Knochenmarktransplantation ohne Erfolg verlaufen sind, steht für den Jungen aufgrund des Verhaltens der ihn umgebenden Menschen fest: »Moi, je ne fais plus plaisir. Depuis ma greffe de moelle osseuse, je sens bien que je ne fais plus plaisir. Quand le docteur Düsseldorf m'examine, le matin, le cœur n'y est plus, je le déçois« (7,4–7). Oscar empfindet die mißglückten Behandlungen so, als sei er selbst schuld daran, weil er einen Fehler gemacht habe: »Il me regarde (...) comme si j'avais fait une erreur« (7,7–9). Allerdings überkommen ihn bisweilen Zweifel an seiner eigenen Schuld und er zieht eine Unzulänglichkeit seitens des Arztes in Betracht: »Certains jours, j'ai envie de lui gueuler dessus, de lui dire que c'est peut-être lui, le docteur Düsseldorf, avec ses sourcils noirs, qui l'a ratée, l'opération« (7,12–15).

Ignorieren des Todes

Als Oscar erkennt, dass die Medizin, verkörpert durch Dr. Düsseldorf, nicht mehr weiterhelfen kann, fängt er an, von seinem bevorstehenden Tod zu sprechen und macht unmittelbar die Erfahrung, dass all seine Gesprächspartner sofort verstummen oder das Thema abrupt wechseln: »Si tu dis ›mourir‹ dans un hôpital, personne n'entend.

Unzulänglichkeit: l'incompétence (f.)

Tu peux être sûr qu'il va y avoir un trou d'air et que l'on va parler d'autre chose« (13,21–14,1). Diese Erfahrung macht Oscar in besonders schmerzlicher Weise mit seinen Eltern: Sie fliehen aus dem Krankenhaus, ohne auch nur einen Moment lang bei Oscar gewesen zu sein, nachdem sie die Nachricht erhalten haben, dass eine Heilung nicht möglich ist. Sie lassen ihren kleinen Sohn allein, er muss ohne sie mit dem Wissen, dass er sehr bald sterben wird, zurechtkommen: »Le docteur Düsseldorf a dit à mes parents que j'allais mourir et ils se sont enfuis« (26,3 f.).

Vertreterin der Gegenposition

In dieser Situation hat Oscar nur einen einzigen Menschen, von dem er sich verstanden und aufgefangen fühlt: Mamie-Rose. Sie ist die Einzige, die dem Thema Tod nicht ausweicht und Oscar in seiner Wahrnehmung, dass er bald sterben wird, bestärkt. Damit vertritt sie die Gegenposition zu all denjenigen, die das Thema aussparen bzw. so tun, als könne der Tod durch medizinische Fortschritte umgangen werden. Sie bekräftigt Oscar darin, dass jedes Leben ein Ende hat, wie sehr sich die Wissenschaft auch noch bemühen mag: »Nous oublions que la vie est fragile, friable, éphémère. Nous faisons tous semblant d'être immortels« (14,18–20).

schrittweise Heranführung an den Glauben

Nachdem sie Oscar die Gewissheit gegeben hat, vor der alle anderen ängstlich zurückgeschreckt sind, dass die Medizin an ihre Grenzen gekommen ist, schlägt sie dem Jungen vor, an Gott zu schreiben. Mit diesem Vorschlag eröffnet sie ihm eine ganz neue Perspektive: ein Leben ohne Ende, ohne jegliche zeitliche Beschränkungen. Ihr fällt somit die für den Entwicklungsroman typische Rolle der Mentorin zu, die den Entwicklungsprozess ihres Schützlings initiiert, begleitet und lenkt. Von Mamie-Rose wird Oscar nach und nach an den Glauben herangeführt; sie macht ihm klar, dass Gott nicht der Weihnachtsmann ist, der großzügig Geschenke bringt, für den er in einer zunehmend säkularen, glaubensfreien Welt gehalten wird: »Oscar, il n'y a aucun rapport entre Dieu et le Père Noël« (15,15 f.). Sie weist Oscar darauf hin, dass Gott keine materiellen Güter verteilt: »Dieu n'est pas le Père Noël. Tu ne peux demander que des choses de l'esprit« (17,10 f.). Sie erklärt ihm auch, dass er Fürbitten für andere vor Gott bringen kann (17,16 f.). In diesem frühen Stadium seiner spirituellen Entwicklung lehnt Oscar diese Option jedoch vehement ab (17,18 f.) und verwendet seinen ersten Wunsch, den er an Gott richtet, für sich selbst.

erste Bitte an Gott

In der Situation, in der Oscar sich befindet, erscheint dieses Verhalten verständlich und nachvollziehbar, schließlich geht es für den Jungen um Leben oder Tod (18,3 f.). Je mehr Oscars Glaube an Stärke zunimmt, desto öfter bittet er Gott für andere. Dies ist Ausdruck seiner fortschreitenden spirituellen Entwicklung. In der Krankenhauskapelle führt Mamie-Rose Oscar situationsadäquat und kindgerecht den Unterschied zwischen einem leidenden Gott, der den Menschen nahe ist und einem fernen Gott, der an einen Superhelden erinnert, vor Augen. Oscar erkennt sich im leiden-

Fürbitten

jdn. für etwas halten: prendre qn pour qc
verständlich: compréhensible
nachvollziehbar: concevable

den Jesus am Kreuz sofort wieder: »Ça m'a fait penser à moi« (56,4); allerdings ist er entsetzt bei der Vorstellung, dass die Menschen auf einen leidenden Gott vertrauen sollen. Mamie-Rose fordert Oscar auf, die Jesusfigur genauer zu betrachten. Durch Aufforderungen (»Regarde mieux son visage. Observe«, 57,7 f.) und Fragen (»Est-ce qu'il a l'air de souffrir?«, 57,8 f.) bringt sie Oscar dazu zu erkennen, dass Jesus am Kreuz keinen leidenden Eindruck macht.

Mamie-Rose agiert weiterhin in pädagogischer Art, indem sie Oscar exemplarisch und anschaulich anhand zweier selbsterlebter Beispiele unterschiedliche Haltungen gegenüber dem Tod vor Augen führt. Sie nennt das Beispiel ihrer eigenen Mutter, die eine sehr positive Haltung dem Tod gegenüber entwickelt hatte; demgegenüber stellt sie sehr plastisch die Erlebnisse der Catcherin Plum Pudding, die aus lauter Angst vor dem Tod ihr Leben nicht frei leben konnte (58 f.). Mamie-Rose fordert Oscar auf der Grundlage dieser Beispiele, die als Exempla gelesen werden können, auf, Vertrauen in Gott zu entwickeln, was er sukzessive tut. Damit hat Mamie-Rose einen Prozess der spirituellen Entwicklung bei Oscar initiiert, die ihren Höhepunkt darin findet, dass Oscar davon überzeugt ist, dass Gott ihn erwecken wird (94,8 f.).

> unterschiedliche Haltungen gegenüber dem Tod

Mamie-Rose ermöglicht Oscar nicht nur den Zugang zum Glauben, sondern versetzt ihn durch einen Kunstgriff auch in die Lage, seine letzten Lebenstage auf ein sehr lan-

Zugang: l'accès (m.)
jdn. in die Lage versetzen, etwas zu tun: rendre qn capable de faire qc

Leben im Schnelldurchlauf

ges, über 110 Jahre dauerndes Menschenleben auszudehnen. Dadurch, dass sie ihm suggeriert, dass ein einziger Tag für ihn wie zehn Jahre zählen, durchlebt der Junge im Superschnelldurchlauf alle Phasen eines normalen Lebens. Zu Beginn des Romans erscheint Oscar wie ein kleiner Junge, der mit anderen Kindern spielen will (19,5 f.). Danach erlebt er seine Adoleszenz, er verliebt sich und erlebt amouröse Turbulenzen (41). Danach heiratet er (50) und genießt das Familienleben mit seiner Frau und deren Eltern (66). Seine Schwiegereltern behandeln ihn respektvoll in seiner Rolle als Ehemann ihrer Tochter (65,21–66,2). Jedoch erlebt Oscar auch die Trennung von seiner Frau (87) und macht dabei allgemein menschliche Erfahrungen, wie die Liebe zwischen Mann und Frau, Eifersucht, Versöhnung, Geborgenheit, Trennung und Verlust. Das Werden und Vergehen als ein alle Lebewesen bestimmendes, unabänderliches Gesetz führt Mamie-Rose Oscar wiederum exemplarisch-anschaulich mit Hilfe einer Pflanze vor, die sie ihm zu Weihnachten schenkt. Diese aus der Sahara stammende Pflanze durchlebt an nur einem einzigen Tag alle Phasen ihrer Existenz. Oscar erkennt darin Parallelen zu sich selbst. Diese Einsicht, die er durch Mamie-Roses Geschenk gewinnt, rührt ihn und er bedankt sich dafür bei Gott: »C'est un cadeau génial, je te remercie de l'avoir inventé« (82,11 f.). Dieser an Gott gerichtete Dank verdeutlicht, dass Oscar seine Situation als

Pflanze als Demonstrationsobjekt

Eifersucht: la jalousie
Geborgenheit: le sentiment de sécurité

vergängliches, sterbliches Wesen verstanden und akzeptiert hat. Mamie-Rose ist auch hier diejenige, die diesen Verständnisprozess initiiert und ermöglicht hat.

Mamie-Rose in ihrer Rolle als Mentorin gelingt es weiterhin, die zum Erliegen gekommene Kommunikation zwischen Oscar und seinen Eltern einerseits und zwischen Oscar und Dr. Düsseldorf andererseits wieder in Gang zu bringen. Oscar fühlt sich von seinen Eltern bitter verraten, als sie es ablehnen, ihn nach dem Gespräch mit Dr. Düsseldorf, in dem er ihnen über den Zustand ihres Sohnes Mitteilung macht, zu sehen. Oscar empfindet ihr Verhalten als unerträglich feige: »Et c'est là que j'ai compris que mes parents étaient deux lâches. Pire: deux lâches qui me prenaient pour un lâche!« (22,19–21) Er ist darüber so schockiert, dass er vor ihnen wegläuft. Das nächste Treffen mit seinen Eltern gestaltet sich für Oscar sehr quälend, da er ihre Unfähigkeit, mit ihm zu sprechen, sehr deutlich wahrnimmt: »Depuis que je suis en permanence à l'hôpital, mes parents ont du mal avec la conversation« (43,13–15). Er merkt, dass sie ihre Sprachlosigkeit durch Geschenke kompensieren wollen, die bisweilen auch die Flucht in eine bedeutungsentleerte Pseudo-Kommunikation ermöglichen: »Alors ils m'apportent des cadeaux et l'on passe des après-midi pourries à lire les règles du jeu et les modes d'emploi. Mon

Wiederaufnahme der Kommunikation

Sprachlosigkeit und Pseudokommunikation

vergänglich: éphémère
wieder in Gang bringen: relancer
jdn. verraten: trahir qn

père, il est intrépide avec les notices: même quand elles sont en turc ou en japonais, il ne se décourage pas, il s'accroche au schéma« (43,15–20).

Oscar, der sich nichts sehnlicher als echte Kommunikation mit seinen Eltern wünscht, bestraft sie dadurch, dass er sich seinerseits dieser Pseudo-Kommunikation völlig entzieht. Er nimmt das nagelneue Geschenk – einen CD-Player – und hört in Gegenwart seiner Eltern zwei Stunden Musik und verschließt sich somit jeglichem Versuch seiner Eltern, ein Gespräch mit ihm zu führen: »Alors j'ai pris l'appareil à musique et j'ai écouté deux fois le disque *Casse-Noisette*, sans m'arrêter, devant eux. Deux heures sans qu'ils puissent dire un mot. Bien fait pour eux« (44,12–16). Oscar hält die Blockade weiterhin aufrecht, auch als er sehr deutlich spürt, dass sie ihm etwas sagen wollen: »Je sentais qu'ils voulaient me dire des choses et qu'ils n'y arrivaient pas. C'était bon de les voir souffrir, à leur tour« (44,21–45,2).

Die Fronten zwischen Oscar und seinen Eltern verhärten sich immer mehr; für Oscar ist der Gedanke, Weihnachten mit den beiden »crétins (…) qui ont l'intelligence d'un sac-poubelle« (72,3 f.), wie er seine Eltern inzwischen nennt, verbringen zu müssen, unerträglich. Deshalb flieht er zu Mamie-Rose. Bei ihr zu Hause arbeitet sie zusammen mit Oscar seine eigene Haltung und die seiner Eltern auf. Sie macht ihm klar, dass seine Eltern aus Angst vor seiner

jdn. bestrafen: punir qn
sich einer Sache entziehen: se dérober à qc
etwas aufrechterhalten: maintenir qc
sich verhärten: se durcir
aufarbeiten: revoir, remettre à plat
Haltung: l'attitude (f.)

Krankheit so reagieren, dass sie ihn aber immer noch lieben: »Ils n'ont pas peur de toi, Oscar. Ils ont peur de la maladie. (...) Ils t'aiment, Oscar. Ils me l'ont dit« (76,12–13; 76,18). Mamie-Rose führt Oscar vor Augen, dass sein Verhalten gegenüber den Eltern geprägt ist von Egoismus, da nicht nur er sterben wird, sondern auch sie. Mamie-Rose zeichnet in dunklen Farben das Bild von Oscars Eltern, die, falls er sein Verhalten nicht ändert, ihrerseits sterben müssen, ohne sich mit ihm, ihrem einzigen Kind, versöhnt zu haben. Mamie-Rose verdeutlicht Oscar, dass seine Eltern dieselben Ängste und Qualen durchleben wie er, dass sie Menschen sind, die dem Tod nicht ausweichen können, genau wie er. Oscar hat mittlerweile einen so hohen Grad an persönlicher Reife erlangt, dass er fähig ist, sich empathisch in sie hineinzuversetzen. Nach dieser Konfrontation lenkt Oscar ein und stimmt zu, seine Eltern zu Mamie-Rose kommen zu lassen.

Egoismus Oscars

Nach dieser Lektion seiner Mentorin ist es Oscar, der die Kommunikation mit seinen Eltern neu beleben kann, indem er ganz klar und ruhig ausspricht, was als Unaussprechliches die ganze Zeit lähmend und zerstörerisch zwischen ihnen stand: Oscars eigener Tod und der seiner Eltern. Nachdem Oscar das Unausprechli-

das Unaussprechliche aussprechen

von etwas geprägt sein: être marqué, e par qc
dunkel: sombre
einlenken: faire des concessions
neu beleben: faire revivre
lähmen: paralyser
zerstörerisch: destructeur

che ausgesprochen hat (»Excusez-moi, j'avais oublié que vous aussi, un jour, vous alliez mourir«, 78,5 f.), können die Blockade und das Schweigen endlich gebrochen werden und zwischen Eltern und Kind kann sich wieder ein harmonisches Verhältnis entwickeln, das sich nunmehr auf Oscars gereifte Persönlichkeit und Spiritualität gründet: »Je ne sais pas ce que ça leur a débloqué, cette phrase, mais après, je les ai retrouvés comme avant et on a passé une super-soirée de Noël« (78,7–9).

Ähnliches gelingt Oscar mit Dr. Düsseldorf. Seinen Arzt hatte der Junge als verschlossenen und traurigen Menschen wahrgenommen, der Oscar ein schlechtes Gewissen bereitet hatte. Eine gesprächsweise Annäherung konnte bisher weder durch den Arzt noch durch den Patienten stattfinden. Wie bei seinen Eltern ergreift Oscar auch im Fall Dr. Düsseldorfs die Initiative zu einer echten Kommunikation und spricht dem Mediziner gegenüber das bisher als unaussprechliches Tabu behandelte Thema an:

Initiative zu echter Kommunikation

> »Écoutez, je vais vous parler franchement (...). Arrêtez les airs coupables. Ce n'est pas de votre faute si vous êtes obligé d'annoncer des mauvaises nouvelles aux gens, des maladies aux noms latins et des guérisons impossibles. Faut vous détendre. Vous décontracter. Vous n'êtes pas Dieu le Père. Ce n'est pas vous qui commandez à la nature. Vous êtes juste réparateur. Faut lever le pied, docteur Düsseldorf, relâcher la pression et pas vous donner

Annäherung: le rapprochement

trop d'importance, sinon vous n'allez pas pouvoir continuer ce métier longtemps. Regardez déjà la tête que vous avez« (85,4–18).

Die Rollen scheinen sich ins Gegenteil verkehrt zu haben: Der Patient Oscar, der nur noch vier Tage leben wird, gibt dem Arzt Ratschläge und schlägt ihm eine Therapie vor: »Faut vous détendre. Vous décontracter. (...) Faut lever le pied, (...) relâcher la pression« (85,11, 14 f.). Oscar kann dies tun mit der Autorität desjenigen, der am eigenen Leib erlebt hat, was die Medizin leisten kann: Sie kann bestenfalls reparieren. So kann er auch zu Dr. Düsseldorf sagen: »Vous êtes juste réparateur« (85,13 f.), ohne arrogant zu wirken. Gleichermaßen hat Oscar erfahren, dass der Medizin Grenzen gesetzt sind, die sie nie überschreiten können wird: »Vous n'êtes pas Dieu le Père. Ce n'est pas vous qui commandez à la nature« (85,12 f.).

vertauschte Rollen

Der Schöpfer, so stellt Oscar klar, ist allein Gott, der Mensch kann kein neues Leben erschaffen, sondern immer nur schon existierendes zu erhalten versuchen.

Klärung der Zuständigkeiten

Nachdem Oscar Dr. Düsseldorf seinen Platz in der Hierarchie unmissverständlich aufgezeigt hat, fällt von dem Mediziner eine große Last ab: nicht mehr leisten zu sollen,

sich ins Gegenteil verkehren: s'inverser
etwas leisten: accomplir qc
bestenfalls: au mieux
etwas Grenzen setzen: limiter qc
überschreiten: franchir
abfallen: tomber

was er aufgrund seiner Existenz als Mensch überhaupt nicht leisten kann. Oscars Worte wirken auf den Arzt wie eine Absolution: Zum ersten Mal kann er befreit lächeln und mit Oscar ehrlich kommunizieren: »Puis il a souri, un vrai sourire, et il m'a embrassé. Tu as raison, Oscar. Merci de m'avoir dit ça« (86,1–3).

Bitten für andere

Ein weiteres Beispiel für Mamie-Roses gelungene Mentorentätigkeit in Glaubensfragen kann darin gesehen werden, dass Oscar kurz vor Ende seines Lebens Gott bittet, seine Eltern und Peggy Blue die Schöpfungserfahrung erleben zu lassen, die er selbst staunend und überwältigt gemacht hat (90,1–4). Noch im ersten Brief hatte es Oscar strikt abgelehnt, den einen Wunsch, den er, wie Mamie-Rose ihm erklärt hatte, pro Tag an Gott richten dürfe, für jemand anderen zu verwenden: »Un vœu par jour, Mamie-Rose, faut pas déconner, je vais d'abord le garder pour moi!« (17,18 f.) Am Tag vor seinem Tod hingegen bittet Oscar Gott, seinen Eltern das Leben zu erklären und sich ihnen zu zeigen, damit sie es verstehen können, weil er die Befürchtung hat, es ihnen nicht begreiflich gemacht haben zu können: »Je ne sais pas si je les ai bien convaincus. Visite-les. Finis le travail. Moi, je fatigue un peu« (91,17 f.). Durch den Wunsch, dass seinen Eltern dieselbe Einsicht zuteilwerden möge, die ihm selbst zuteilgeworden ist, wird ein weiteres Mal deutlich, dass Oscar spirituell gereift ist. Dies versetzt ihn selbst in die Rolle eines Mentors.

Umkehrung der Vorzeichen

Auch hier haben sich, wie im Falle Dr. Düsseldorfs, die Vorzeichen verändert. Auch die Tatsache, dass Mamie-Rose im allerletzten Brief, den nun sie ihrerseits an Gott schreibt, bekennt, dass Oscar ihr geholfen habe, an Gott zu glauben (94,1), weist darauf hin, dass sich die Rollen auch zwischen ihr und Oscar ins Gegenteil verkehrt haben. Somit kann *Oscar et la dame rose* als Entwicklungsroman mit umgekehrten Vorzeichen gelesen werden.

mit umgekehrten Vorzeichen: inversant la donne

6. Autor und Zeit

gefeierter Autor

»Hellsichtiger Optimist«[9], »auflagenstarker Kultautor«[10], »Superstar der Versöhnungsprosa«[11], »konsensfähiger Publikumsliebling«[12] – all diese Epitheta werden von Kritikern verwendet, um Éric-Emmanuel Schmitt zu beschreiben. Wer ist dieser Éric-Emmanuel Schmitt, der hymnisch gefeiert wird, der in verschiedenen literarischen Gattungen reüssiert und der ununterbrochen mit Preisen und Ehrungen ausgezeichnet wird? Zu den bedeutenden Anerkennungen, die ihm zuteilwurden, zählt die Aufnahme in die Académie royale de langue et de littérature françaises de Belgique am 9. Juni 2012.[13]

Éric-Emmanuel Schmitt ist der Sohn einer Sportlehrerin und eines Krankengymnasten;[14] er kommt am 28. März 1960 in Sainte-Foy-lès-Lyon zur Welt.[15] Zusammen mit seinen Eltern und seiner älteren Schwester wächst er in einem Einfamilienhaus mit Garten in einem Vorort von Lyon auf.[16] Die Erfahrung von Ruhe, Abgeschiedenheit und Unabhängigkeit, die er bereits als Kind durch diese Wohnsituation erfährt, prägt ihn von klein auf und beeinflusst bis heute die Wahl seiner Unterkünfte: »I have tried to live in

hellsichtig: lucide
literarische Gattung: le genre littéraire
jdn. mit einem Preis auszeichnen: décerner un prix à qn
Anerkennung: la reconnaissance
Aufnahme: l'admission (f.)
Krankengymnast: le kinésithérapeute
Abgeschiedenheit: l'isolement (m.)
jdn. prägen: marquer qn

houses ever since. I don't like apartments – the idea of other people living, copulating and defecating above me – they make me feel as trapped as a slice of ham in a sandwich«.[17] Mittlerweile hat Schmitt, der seit 2003 in Belgien lebt, die belgische Staatsbürgerschaft angenommen; er unterhält momentan ein Stadthaus mit Garten in Brüssel, das er im Zen-Stil umgebaut hat, und ein großes Anwesen in Haineau, das vormals ein Schloss aus dem 17. Jahrhundert war und Schmitt heute als ideale Wohnstätte dient:

elitäre Wohnsituation

»I feel this is a cosmological place of great wellbeing. I ascribe its euphoric effects to several water sources in the garden. When it's finished, it's going to be my ideal house«.[18]

Dieser Luxus, der Schmitt in sehr elitärem und eklektischem Licht erscheinen lässt, ist durch seinen immensen Erfolg als Schriftsteller möglich geworden. Laut den jährlich von *Le Figaro* veröffentlichten Statistiken[19] belegte Éric-Emmanuel Schmitt 2010 den sechsten Platz derjenigen 10 französischen Schriftsteller, die die meisten Bücher verkauft haben (511 200 verkaufte Exemplare), 2009 und 2008 rangierte er mit 552 000 bzw. 496 000 verkauften Exemplaren jeweils auf Platz 9. Die Verhältnisse, in denen er aufwuchs, waren jedoch eher bescheiden; so stellte etwa ein Theaterbesuch für den jungen Éric-Emmanuel ein durchaus außergewöhnliches Ereignis dar. Wenn man Marie-Andrée Lamontagne[20] Glauben schenken darf, konnte sich Familie Schmitt

Topseller

Anwesen: la propriété
in bescheidenen Verhältnissen leben: vivre dans de modestes conditions
außergewöhnlich: extraordinaire

nur Plätze in den hintersten Reihen leisten. Dennoch erwachte Schmitts Begeisterung für das Theater: Bei einer Aufführung von *Cyrano de Bergerac* entdeckt er seine Liebe zum Theater: »C'est là qu'est né mon amour du théâtre«.[21]

frühe Schreibversuche

Bereits als Schüler schrieb Schmitt erste Theaterstücke und erkannte dabei, dass er »einen Sinn für die wesentlichen Fragen«[22] hatte. Seit dieser Zeit hat er nie aufgehört zu schreiben; selbst während er ab 1980 an der sehr renommierten Pariser Eliteuniversität, der École Normale Supérieure, Philosophie studierte und sich auf die »agrégation de philosophie« vorbereitete, die er 1983 erlangte, führte er seine schriftstellerische Tätigkeit weiter. Nach der »agrégation« beginnt er eine Dissertation über das Thema *Diderot et la métaphysique*, die er 1987 abschließt. Zehn Jahre später veröffentlicht er sie in Essayform unter dem Titel *Diderot ou la Philosophie de la séduction*. Bevor sich Schmitt seit Beginn der 1990er Jahre verstärkt als Schriftsteller betätigte, arbeitete er zunächst als Philosophielehrer an einem Gymnasium in Cherbourg und hielt Philosophievorlesungen an der Université de Chambéry.

Entwicklungsprozess als Schriftsteller

Schmitt, der immer schon von seinen Fähigkeiten als Autor überzeugt war, reflektiert in einem Interview mit Rodolphe Fouano[23] den Prozess, den er als junger Schriftsteller durchlaufen musste. Ganz zu

sich etwas leisten können: avoir les moyens de s'offrir qc
in Essayform: sous forme d'essai
unter dem Titel: intitulé, e
überzeugt sein von etwas: être convaincu, e de qc
etwas durchaufen: passer par qc

Beginn seiner Laufbahn glaubte Schmitt, der Schriftsteller sein zu können, der er sein wollte (in seinem Fall war das Paul Claudel); im Lauf der Zeit wurde ihm jedoch klar, dass er nur der Schriftsteller sein kann, der er tatsächlich ist. Diese Erkenntnis löste in ihm einen inneren Konflikt aus: Einerseits schrieb Schmitt gerne spontan und ließ seine Phantasie in seine Werke einfließen; andererseits verstand er sich schon immer als Philosoph, für den Analyse und Synthese wesentlich sind. Erst allmählich gelang es ihm, ein Gleichgewicht zwischen den beiden Polen Phantasie und Philosophie zu finden. Dieses »geistige Gleichgewicht«[24] hat Schmitt nach eigenen Angaben seit der Abfassung von *La Nuit de Valognes* (1991) und *Le Visiteur* (1993) erlangt. Die zahlreichen Auszeichnungen und Preise, die Schmitt für die genannten Theaterstücke entgegennehmen konnte (genannt seien hier nur die drei Molière für *Le Visiteur*: Molière de la révélation théâtrale, Molière du meilleur auteur und Molière du meilleur spectacle du théâtre privé), mögen die Richtigkeit seiner Einschätzung untermauern

Balance zwischen Philosophie und Phantasie

> Damit hat Éric-Emmanuel Schmitt seinen Stil definitiv gefunden: eine Kombination aus Phantasie und Philosophie (wie sie in *Oscar et la dame rose* deutlich zu Tage tritt), denn nur eine solche Mischung wird dem Leben

Erkenntnis: la prise de conscience
etwas auslösen: déclencher qc
Gleichgewicht: l'équilibre (m.)
Abfassung: la rédaction
Mischung: le mélange

Philosophie als praktische Lebenshilfe

gerecht, wie Schmitt unterstreicht: »Für mich stellt die Philosophie keinen Selbstzweck dar. Sie ist ein Instrument, mit dem das Leben beschrieben werden kann. Ich will aber den Geist nicht auf die bloße Ratio beschränkt wissen. Diesen Fehler begeht der Philosoph, der Intellektuelle, oft. Doch unser geistiges Leben wird auch bestimmt von der Vorstellung, dem Herz, dem Gefühl, von Werten. Die Verstandestätigkeit macht nur einen kleinen Teil davon aus«.[25]

Nachdem Schmitt anfangs ausschließlich Theaterstücke verfasste, kam im Lauf der Zeit noch Prosaliteratur hinzu. Mit *Milarepa* legt Schmitt 1997 den Grundstein zum *Cycle de l'Invisible*, in dem er sich mit den großen Weltreligionen auseinandersetzt. Weitere Bausteine des *Cycle* sind bisher *Monsieur Ibrahim et les fleurs du Coran* (2001), *Oscar et la dame rose* (2002), *L'enfant de Noë* (2004), *Le sumo qui ne pouvait pas grossir* (2009) und *Les dix enfants que Madame Ming n'a jamais eus* (2012). Mit *Monsieur Ibrahim et les fleurs du Coran* und *Oscar et la dame rose* wird Schmitt quasi über Nacht international berühmt. Indem er über Religion und die Suche nach Spiritualität schreibt, trifft er den Nerv der Zeit.

Suche nach Spiritualität

Unsicherheit als vorherrschendes Lebensgefühl

Zu Beginn des 21. Jahrhunderts ist das vorherrschende Lebensgefühl in der französischen Gesellschaft das der »précarité«:

etwas gerecht werden: rendre justice à qc
Selbstzweck: la fin en soi
einen Fehler begehen: commettre une erreur
vorherrschend: dominant, e

»L'un des mots qui permettent le mieux de qualifier la vie actuelle des Français est sans doute celui de précarité«.[26] Dieses Gefühl der Unsicherheit betrifft, so Gérard Mermet, Verfasser der *Francoscopie*, alle Bereiche des Lebens: Es reicht vom Berufsleben, über das Familienleben, über das gesellschaftliche Leben bis hin zum Privatleben: »Il s'applique souvent à la vie professionnelle (...), à la vie familiale (...), il concerne la vie sociale (...) et qualifie enfin la vie personnelle et intérieure: idées, certitudes, opinions ou croyances changent plus fréquemment, de sorte que chaque individu est en perpétuelle transformation. Dans un tel contexte, la sécurité, la continuité, la durée ou la stabilité tendent à disparaître au profit du risque et de la mobilité«.[27] Gerade in diesen Zeiten von Unsicherheit und Umbruch brauchen die Menschen Halt, sie sehnen sich zurück nach einer verlorengegangenen moralischen Ordnung. Éric-Emmanuel Schmitt hat dieses Bedürfnis erkannt und durch die Romane des *Cycle de l'Invisible* gestillt. Deshalb nennt Michel Meyer, Philosophieprofessor aus Brüssel, Schmitt einen »écrivain de l'espérance dans un monde désespéré«[28]

Unterstützung bei Sinnsuche

Schmitt selbst schreibt seinen aktuellen Erfolg der Tatsache zu, dass er den Menschen bei ihrer Suche nach Orientierung und Sinn Hilfestellung leistet: »Je crois que mon succès fait partie d'un moment de la vie publique

Bereich: le domaine
Umbruch: le bouleversement
Bedürfnis: le besoin
etwas stillen: satisfaire à qc

où les gens librement, individuellement, singulièrement cherchent à se construire une vision de la vie«.[29] Dabei versteht sich Schmitt keinesfalls als Moralist, der mit erhobenem Zeigefinger belehren will: »Mes récits ne se veulent ni moralisateurs ni prêcheurs ni polémiques«.[30] Vielmehr sieht er seine Aufgabe als Schriftsteller und Philosoph darin, dem Leser Möglichkeiten aufzuzeigen, die er ad libidum umsetzen kann: »J'ai horreur des auteurs contagieux qui veulent que les autres pensent comme eux. Ce qui m'importe, c'est la liberté du lecteur«.[31] Diese Freiheit impliziert jedoch auch, dass Schmitt keine Antworten auf existentielle Fragen gibt, sie nicht geben kann: »Il faut accepter que les questions fondamentales restent sans réponse«.[32] Schmitt, der selbst offen für jede Art von Spiritualität ist, will den Leser neugierig machen: »Je veux créer un regard d'intérêt«.[33]

Neugier auf Spiritualität wecken

Durch seine Herangehensweise wird deutlich, dass er kein Theologe, sondern Philosoph ist: Er interessiert sich nicht (nur) für eine bestimmte Religion, zu der er jemanden bekehren will – er selbst verortet sich im Christentum –, sondern es geht ihm darum, selbst die Vielfalt an verschiedenen Spiritualitäten kennenzulernen und sie anderen zugänglich zu machen : »Je m'interroge sur ce qui fait battre le cœur des gens, comment ils parviennent à expliquer leur présence sur Terre et à donner un sens à ce

Zeigefinger: l'index (m.)
jdn. belehren: faire la leçon à qn
Herangehensweise: la manière d'aborder qc, l'approche (f.)
jdn. zu etwas bekehren: convertir qn à qc
jdm. etwas zugänglich machen: rendre qc accessible à qn

Éric-Emmanuel Schmitt

qui leur arrive. Plus que la religion, je me passionne pour les spiritualités. Et j'ai un regard de curiosité bienveillante: je ne les juge pas, je ne les compare pas«.[34]

Förderung von Empathie und Toleranz

Schmitt fördert dadurch Toleranz und Empathie, Werte und Haltungen also, die in einer globalisierten Welt, in der die unterschiedlichsten Menschen mit den verschiedensten Überzeugungen aufeinandertreffen, nur guttun können. Vielleicht ist dies einer der Gründe für seinen fulminanten Erfolg, die ihn zum »konsensfähigen Publikumsliebling«[35] machen.

etwas fördern: encourager qc
Überzeugung: la conviction
fulminant: fulgurant, e

7. Rezeption

Begeisterungsstürme für *Oscar et la dame rose*

Oscar et la dame rose hat die Kritiker zu wahren Begeisterungsstürmen hingerissen: »Ce livre est un vrai bijou, un des grands textes de la langue française , appelé à rester un classique parmi les classiques«, so der belgische Philosophieprofessor Michel Meyer[36]. In England wird der Roman als »runaway success« gehandelt, der an den Erfolg von Saint-Exupérys *Le Petit Prince* erinnert.[37] Die für die Schule aufbereitete Fassung von *Oscar et la dame rose*, die bei Magnard[38] veröffentlicht wurde, wurde bereits über 350 000-mal verkauft; damit hat Schmitt einen Rang vergleichbar Klassikern wie Camus, Molière und Maupassant erlangt.

Erfolg wegen Sprache und Thema

Die Gründe für den immensen Erfolg von *Oscar et la dame rose* sind zum einen im Stil Éric-Emmanuel Schmitts begründet, zum anderen in der behandelten Thematik. Der Schreibstil Schmitts wird von Kritikern bezeichnet als »épuré, précis, (où) tout est dit en quelques mots«. Und in der Tat richtet der kleine Oscar seine Fragen direkt und in unverstellter Sprache an Gott; genauso klar und schnörkellos teilt Oscar seinen Eltern und seinem Arzt, Dr. Düsseldorf, mit, dass auch sie sterblich sind und dem Tod genauso wenig ausweichen können wie er selbst: »Excusez-moi, j'avais oublié que, vous aussi, un

Begeisterungssturm: un débordement d'enthousiasme
jdn. zu etwas hinreißen: déclencher qc chez qn
schnörkellos: sobre

jour, vous alliez mourir« (78,5 f.). Die ganze Conditio humana wird in einem einzigen schlichten Satz ausgedrückt.

Das ist der zweite Pfeiler des Erfolgs von *Oscar et la dame rose*. Schmitt spricht offen über das, was in unserer Gesellschaft zum Tabu geworden ist: Sterben und Tod. In seinen Büchern kämpft Schmitt gegen die Angst vor dem Tod mit dem Ziel, das Leben zu lieben, auch wenn es vergänglich ist, wie er in einem Interview erklärte: »Man muss (...) die condition humaine leben mit der Tatsache, dass man an der Ausgangspforte ankommen wird. Das Leben bis zum Schluss zu lieben, das ist das, was mit Oscar geschieht.«[39] Und offensichtlich auch mit Millionen von Leserinnen und Lesern auf der ganzen Welt.

Pfeiler: le pilier

8. Dossier pédagogique

1) Etablissez des champs sémantiques pour parler
   a) de la vie à l'hôpital
   b) de la vie religieuse
2) Choisissez un passage où il y a beaucoup d'expressions issues de la langue parlée et transcrivez-le en français standard.
3) Contactez l'auteur sur son site Internet (http://www.eric-emmanuel-schmitt.com/Contactez-nous.html) et écrivez-lui ce que vous pensez du roman que vous venez de lire.
4) Après avoir lu *Oscar et la dame rose*, rédigez une lettre adressée à Mamie-Rose pour lui dire comment vous jugez son comportement envers Oscar.
5) Trouvez des images, des photos qui pourraient représenter Mamie-Rose. Justifiez votre choix.
6) Les histoires de catch de Mamie-Rose font du bien à Oscar. Inventez-en au moins une autre pour encourager le jeune malade.
7) Selon vous, comment se comporte
   a) un bon malade?
   b) un mauvais malade?
8) Le Docteur Düsseldorf a un collègue dans un autre hôpital qui soigne les enfants atteints du cancer. Il lui raconte le cas d'Oscar. Que pourrait raconter le Docteur Düsseldorf à son collègue?
9) Après l'entretien avec le Docteur Düsseldorf, les parents d'Oscars sont choqués et très tristes. Ils rentrent en voiture. Quelle conversation pourraient-ils mener en rentrant?

10) Mamie-Rose obtient du Docteur Düsseldorf la permission de rendre visite à Oscar tous les jours. Comment a-t-elle pu convaincre le médecin? Inventez un dialogue.
11) Peggy Blue et la Chinoise sont devenues copines et elles rigolent ensemble (68). Qu'est-ce qu'elles se racontent? Imaginez le contenu de leur dialogue.
12) Avec l'aide de ses amis Einstein, Bacon et Pop Corn, Oscar prépare sa fugue. Rédigez un dialogue entre les quatre enfants en vue des préparatifs.
13) Après sa sortie de l'hôpital, Peggy Blue raconte à une amie ce qu'elle a vécu. Que va-t-elle lui dire?
14) La Valse des Flocons plaît beaucoup à Oscar et Peggy Blue (47 s.). Écoutez cette valse et décrivez les émotions qu'elle évoque en vous.
15) *Oscar et la dame rose* fait partie du Cycle de l'Invisible dans lequel Éric-Emmanuel Schmitt présente toutes les grandes religions du monde, p.ex. le christianisme, l'islam, le judaïsme, l'hindouisme. Informez-vous au moins sur l'une de ces religions (p.ex. les pratiques religieuses, les fêtes, le lieu du culte, leurs livres sacrés, …) et présentez-la en classe.

9. Lektüretipps/Medienempfehlungen

Primärliteratur

Schmitt, Éric-Emmanuel: Oscar et la dame rose. Hrsg. von Wolfgang Ader und Gerhard Krüger. Stuttgart: Reclam, 2009. (Universal-bibliothek. 9128). Nach dieser Ausgabe wird zitiert.

La nuit de Valognes. Arles: Actes Sud, 1991.
Le Visiteur. Arles: Actes Sud, 1993.
Golden Joe. Paris: Albin Michel, 1994.
La secte des Égoïstes. Paris: Albin Michel, 1994.
Variations énigmatiques. Paris: Albin Michel, 1996.
Diderot ou la philosophie de la séduction. Paris: Albin Michel, 1997.
Le Libertin. Paris: Albin Michel, 1997.
Milarepa. Paris: Albin Michel, 1997.
Les imaginaires du théâtre. Paris: Gallimard, 1997.
Frédérick ou Le Boulevard de crime. Paris: Albin Michel, 1998.
Hôtel des Deux Mondes. Paris: Albin Michel, 1999.
Théâtre 1. Paris: Albin Michel, 1999.
L'Évangile selon Pilate. Paris: Albin Michel, 2000.
Monsieur Ibrahim et les fleurs du Coran. Paris: Albin Michel, 2001.
La Part de l'autre. Paris: Albin Michel, 2001.
Lorsque j'étais une œuvre d'art. Paris: Albin Michel, 2002.
Oscar et la dame rose. Paris: Albin Michel, 2002.
Petits crimes conjugaux. Paris: Albin Michel, 2003.
Théâtre 2. Paris: Librairie Générale Française, 2003.
L'enfant de Noë. Paris: Albin Michel, 2004.
Mes évangiles. Paris: Albin Michel, 2004.
Ma vie avec Mozart. Paris: Albin Michel, 2005.
Odette Toulemonde et autres histoires. Paris: Albin Michel, 2006.
Théâtre 3. Librairie Générale Française, 2006.
La tectonique des sentiments. Paris: Albin Michel, 2006.
La rêveuse d'Ostende. Paris: Albin Michel, 2007.
Ulysse from Bagdad. Paris: Albin Michel, 2008.

Le sumo qui ne pouvait pas grossir. Paris: Albin Michel, 2009.
Quand je pense que Beethoven est mort alors que tant de crétins vivent …; suivi de Kiki van Beethoven. Paris: Albin Michel, 2010. (Mit CD.)
Concerto à la mémoire d'un ange. Paris: Albin Michel, 2010.
La femme au miroir. Paris: Albin Michel, 2011.
Les dix enfants que Madame Ming n'a jamais eus. Paris: Albin Michel, 2012.
Les deux messieurs de Bruxelles. Paris: Albin Michel, 2012.
The Guitrys. Paris: Albin Michel, 2013.
Les perroquets de la place d'Arezzo. Paris: Albin Michel, 2013.
Un homme trop facile. Paris: Albin Michel, 2013.
Les aventures de Poussin 1er. Bd. 1: Cui suis-je? Paris: Dupuis, 2013. (Zusammen mit dem Zeichner Janry.)
Le poison d'amour. Paris: Albin Michel, 2014.
L'élixir d'amour. Paris: Albin Michel, 2014.
La trahison d'Einstein. Paris: Michel, 2014.
La nuit de feu. Paris: Albin Michel, 2015.
Les aventures de Poussin 1er. Bd. 2: Les apparences sont trompeuses. Paris: Dupuis, 2015. (Zusammen mit dem Zeichner Janry.)

Audiovisuelle Medien

Oscar et la dame rose. München: Digital Publishing, 2004.
Oscar und die Dame in Rosa. Ein Film von Éric-Emmanuel Schmitt (Frankreich 2008). ArtHaus DVD 502748.

Sekundärliteratur

Ader, Wolfgang: Nachwort zu *Oscar et la dame rose* [s. o.].
Busnel, François: Il était une fois … Le petit homme et la mort. In: L'Express 16/01/2003.
De Caevel, Laure: Ocar et la dame rose. Fiche de lecture. Namur: Primento Éditions, 2011.
De Florio-Hansen, Inez: De la littérature contemporaine à la

créativité des apprenants. Vorschläge für kreatives Schreiben im Französischunterricht. In: PRAXIS Fremdsprachenunterricht 1/2006. S. 44–47.

Klinkert, Thomas: Einführung in die französische Literaturwissenschaft. Berlin: Erich Schmidt Verlag, 2000.

Lemke, Jasmin: Eric-Emmanuel Schmitt, Oscar et la dame rose. Freising: Stark Verlag, 2010.

Miller, Ann: A case for teaching Oscar et la dame rose by Éric-Emmanuel Schmitt
https://www.frenchteachers.org/bulletin/articles/activities/literature/caseforTeachingOscar.pdf (letzter Zugriff: 20. 1. 2016)

Meyer, Michel: Eric-Emmanuel Schmitt ou les identités bouleversées. Paris: Albin Michel, 2004.

Pierre, Catherine: Oscar et la dame rose. Dossier
http://www.eric-emmanuel-schmitt.com/files/pdf/doss_extrait-oscar.pdf (letzter Zugriff: 20. 1. 2016)

Schäfer, Dörthe: Oscar et la dame rose. Wörternetze zur Vorbereitung einer Lektürearbeit. In: Der fremdsprachliche Unterricht Französisch 90/2007. S. 32–36.

Stallioni, Yves: Dictionnaire du roman. Paris: Armand Colin, 22012.

Yadan, Thomas: Un écrivain totem. Le cœur d'Éric-Emmanuel Schmitt
http://evene.lefigaro.fr/livres/actualite/eric-emmanuel-schmitt-coeur-humaniste-amour-2330.php (letzter Zugriff: 20. 1. 2016)

Weiterführende Internetadressen

http://www.welt.de/kultur/literarischewelt/article3955815/Eric-Emmanuel-Schmitt-ist-ein-Kunstwerk (letzter Zugriff: 20. 1. 2016)

http://www.eric-emmanuel-schmitt.org (letzter Zugriff: 20. 1. 2016)

http://www.eifel-literatur-festival.de/index.php?mid=113 (letzter Zugriff: 20. 1. 2016)

http://www-film-kultur.de/glob/kc_oscar.pdf (letzter Zugriff: 20. 1. 2016)

Anmerkungen

1 Vgl. Jean-Claude Vantroyen, »Je me méfie de l'illusion de savoir«, in: *Le Soir* (Belgique) (http://www.eric-emmanuel-schmitt.com/littérature), S. 12.

2 http://www.eric-emmanuel-schmitt.com/portrait-biographie.html

3 Das Vorhandensein phantastischer Elemente rückt den Roman in die Nähe der »littérature fantasy«. Da diese Beispiele jedoch zahlenmäßig gering sind, wäre es übertrieben, *Oscar et la dame rose* als Fantasy-Roman lesen zu wollen.

4 Vgl. Yves Stallioni, *Dictionnaire du roman*, Paris [2]2012, S. 73.

5 Ebd. Die Romantheoretiker bezeichnen die Form eines Briefromans, bei der die Antworten nicht direkt vorliegen, auf die jedoch reagiert wird, als *duo*. Im Falle Oscars handelt es sich selbstverständlich nicht um von Gott verfasste Briefe, die lediglich nicht vorliegen, sondern um andere Ereignisse, die der Junge als direkte Antwort Gottes auf seine Briefe deutet. Vgl. hierzu etwa den Beginn des zweiten Briefes: »Bravo! Tu es très fort. Avant même que j'aie posté la lettre, tu me donnes la réponse« (19,1–4).

6 Ebd.

7 Vgl. Thomas Klinkert, *Einführung in die französische Literaturwissenschaft*, Berlin 2000, S. 145.

8 Siehe Anm. 4, S. 16 f.

9 http://www.eric-emmanuel-schmitt.com/portrait-press.html

10 Vgl. Einführungsrede von Dr. Zierden beim 7. Eifel-Literatur-Festival 2006 in Bitburg (http://www.eifel-literatur-festival.de/index.php?mid=113)

11 Ebd.

12 Hendrik Werner, *Eric-Emmanuel Schmitt ist ein Kunstwerk*, in: Welt online, 24. 6. 2009 (http://www.welt.de/kultur/literarischewelt/article3955815/Eric-Emmanuel-Schmitt-ist-ein-Kunstwerk).

13 http://www.eric-emmanuel-schmitt.com

14 Siehe Anm. 13.

15 http://www.babelio.com/auteur/Eric-Emmanuel-Schmitt/3156

16 http://www.eric-emmanuel-schmitt.com/portrait-presse.html
17 Ebd.
18 Ebd.
19 http://www.eric-emmanuel-schmitt.com/statistiques
20 http://www.eric-emmanuel-schmitt.com
21 Siehe Anm. 19.
22 Rodolphe Fouano, »Der Fluch des Erfolgs«, in: *Les cahiers de la Maison Jean Vilar*, Nr. 104, November 2007 (http://www.eric-emmanuel-schmitt.com/portrait-presse)
23 Ebd.
24 Ebd.
25 Ebd.
26 Vgl. Gérard Mermet, Francoscopie. *Pour comprendre les Français* 2005, Paris 2004, S. 262.
27 Ebd., S. 262–264.
28 Vgl. Michel Meyer, *Eric-Emmanuel Schmitt ou les identités bouleversées*, Paris 2004, S. 8.
29 Interview anlässlich der Verleihung des Grand Prix Ardua am 11. April 2012 in Bordeaux.
30 Laure Buisson, *Eric-Emmanuel Schmitt: un homme et des dieux* (http://www.eric-emmanuel-schmitt.com/littérature), S. 6.
31 Ebd.
32 Is. De Montvert-Chaussey, *Le discernement de la dame pipi* (http://wwww.eric-emmanuel-schmitt.com/littérature), S. 7.
33 Siehe Anm. 30, S. 5.
34 Siehe Anm. 32.
35 Siehe Anm. 12.
36 Siehe Anm. 28, S. 69.
37 Vgl. Cassandra Jardine, »A young person's guide to ill-health«, in: *Health Telegraph*, 12 october 2005 (http://www.eric-emmanuel-schmitt.com/literature)
38 http://www.eric-emmanuel-schmitt.com
39 Thilo Wydra, *Interview mit Eric-Emmanuel Schmitt über »Oskar und die Dame in Rosa*, BR-online, Bayerischer Rundfunk, 17. 11. 2010 (http://www.br-online.de/bayerisches-fernsehen/kino-kino/eric-emmanuel-schmitt-interview).